日本人にとってキリスト教とは何か

遠藤周作『深い河』から考える

若松英輔 Wakamatsu Eisuke

NHK出版新書
662

日本人にとってキリスト教とは何か――遠藤周作『深い河』から考える　目次

校閲　髙松完子
DTP　山田孝之

はじめに――日本的霊性とキリスト教

これから皆さんと『深い河《ディープ・リバー》』を中軸にしつつ、遠藤周作（一九二三～一九九六）の文学を読み解き、「日本人にとってキリスト教とは何か」という問題を掘り下げてみたいと考えています。

ここでいう「日本人」、あるいは「キリスト教」とは何かという定義はのちに考えるとして、まず、次の一節を読んでみましょう。

> 少年時代に洗礼を受けさせられたことは受けさせられましたが、私の気持ちの中ではいつも、これは私には肌の合わぬ宗教だ、という感情が含まれていました。
> これを、たとえば洋服を例にとって話しますと、私は母親から出来合いの洋服を無理やりに着させられたようなものです。（中略）ごく普通の平均的日本人である私の

> 肉体には、母親がくれたキリスト教という洋服は、あるところは丈《たけ》が長く、あるところはズボンが短く、自分の体には、なかなかぴったりと合いませんでした。西洋の洋服と日本人の私との間には、いつも隙間《すきま》があったり、ダブダブだったりして、たえずその違和感に苦しみました。（遠藤周作『私のイエス』祥伝社文庫26頁）

ここで遠藤は、キリスト教を「洋服」にたとえています。キリスト教は、自分に与えられた精神の、さらにいえば魂の衣《ころも》だった。しかし、それを自分は長く着こなすことができなかった、というのです。

現代日本に生きている多くの人が、普段着に洋服を選んでいます。普段着はもちろん、仕事着としてスーツを着る人は多く、着物を用いる人は少ないのが現実です。靴を履く人が多く、下駄で歩く人は少数です。

こうした日常に私たちは、ことさら違和感を覚えません。しかし、少し前の時代には頑《がん》として洋服を着るのを拒んだ人がいました。岡倉天心《てんしん》（一八六三～一九一三）と『深い河』にもその言葉が引かれているガンディーです。

ガンディーが、イギリスからのインド独立運動に重要な役割を果たしたことはよく知られています。彼は民衆の心を一つにするために、いくつかの提言をするのですが、そのなかに自分の衣を自分でつむぐということがありました。自らの手で糸を紡ぎ、衣を編むのです。ガンディーというと、あの白い衣を着た姿が思い浮かぶと思います。あの衣もそうして出来上がったものです。こうした運動は「スワデーシー」と呼ばれます。「スワ」は「自己」、「デーシー」は「国」や「土地」を意味する言葉です。ここでの「土地」はガンディーにとって外面的なものだけでなく、内なる土壌につながることも意味していました。インドがもし、真剣に独立を試みようとするのなら、内なるものと深くつながらねばならないと考えたのです。

岡倉天心は、江戸時代の末に生まれ、大正の初めに亡くなっています。しかし、あの時代からすでに中国、インドはもとより、アメリカ、ヨーロッパに幾度も渡り、さまざまな活躍をしました。彼がいなければ、近代日本画はまったく異なる姿になっていました。当時、日本画だけでなく、仏師を含む広義の日本美術は、文字通り存亡の危機にあったのです。天心は、美術によって東西を架橋《かきょう》しました。今、世界が日本美術に讃嘆《さんたん》を惜しまない、その基盤を作ったのは天心です。

天心もインドと深いつながりがある人物です。一九〇一年の終わりに天心はインドに向けて旅に出ます。インドで彼は、のちに世界史的に見ても重要な役割を担う人物と交流を深めます。一人は、宗教者のヴィヴェーカーナンダー、そして、もう一人が詩人のタゴールです。

今日、宗教間の対話ということは、当たり前のように行われていますが、以前はそうではありませんでした。こうした動きは一八九三年にシカゴで行われた「世界宗教者会議（Parliament of the World’s Religions）」を一つの源泉として考えることができます。日本からも鈴木大拙《だいせつ》の師である釈宗演《しゃくそうえん》やのちに南方熊楠《みなかたくまぐす》との交流をもつ土宜法龍《どきほうりゅう》が出席しています。その場で、当時アメリカではまったく無名だったヴィヴェーカーナンダーが、世にあるさまざまな宗教という「河」は一つの「海」に流れ込むように存在している、宗教は互いを否定し合うために存在しているのではなく、分かり合い、深め合うために存在している、と語ります。講演は三分半ほどのものでしたが、その影響は甚大でした。人々は、異なるものが向き合うとき、そこに生まれるのは対立ではなく、創造的融和であることに目ざめたのです。

世界宗教史においてきわめて重要な仕事をしたヴィヴェーカーナンダーと天心は、本当に深いところで信頼を深めます。二人ともにインドを旅してもいます。天心はこの人物を日本に招こうとしていたのです。しかし、それはヴィヴェーカーナンダーの早すぎる死によって実現されませんでした。

タゴールの詩集『ギタンジャリ』にはベンガル語版と英語版があります。それまで自己表現に終わることの多かった西洋の詩とはまったく違う、徹底した神への讃美の言葉を綴《つづ》ったこの作品は、西洋の詩人たちを驚愕《きょうがく》させます。人々はそこに忘れていた詩の原点を思い出したのです。タゴールは言葉によって、神と人間との間に和解をもたらしたといってもよいかもしれません。

天心はこうした人物と、思想的というより、霊性的に深く確かにつながったのです。天心は東洋の霊性をめぐってこう記しています。

> これまで西洋が教えてくれたことに対しては、大きな感謝の念を抱いている。しかし私たちはやはり、アジアを自身の霊感の真の源泉にしなくてはならない。アジアこそは、私たちに古代の文化を伝え、新生する種子を付与したのであった。（『日本の目覚め』引用者訳）

彼は、書くことにおいても話すことにおいても英語を流暢《りゅうちょう》に用いました。彼が残した著作はすべて、英語で書かれています。そして天心の日本語の文章もまた、詩的で美しく、品格のあるものです。

彼は欧米の文化に深く学びます。しかし、そのいっぽうで、頑として和装を身に着け続けるのです。彼がそれをしぶしぶ脱いだのは、若き日、国費で海外に渡った際、洋装で写真を撮ることを求められたとき、そして、晩年、著しく体調を崩したときです。天心はパリで、哲学者のアンリ・ベルクソンの講義に出ていますが、そのときも彼は和装だったと思われます。天心にとって衣は、その精神、さらにいえば霊性の顕《あら》われなのです。

先に引いた一節で天心が「アジア」と書いていたところは「東洋」と理解してよいと思います。異文化を学ぶことに天心は貪欲《どんよく》でした。しかし、彼はそのために自分の霊性を手放すことはしなかった。むしろ、自らの霊性という土壌に異文化の種子を植えようとしたのです。

天心は東洋的霊性のなかに日本的霊性を見出そうとします。同質の実感が『深い河』を執筆する遠藤にもあった。天心が和装を貫いたように、遠藤は自らの母語で作品を書き続けました。日本とは何かを東洋という視座のなかで考える。そして、東洋とは何かを、西洋、あるいは近代との関係を見据えながら考える。その点において天心と遠藤は意外と近い場所にいるのです。

「日本人」とは何か

「日本人にとってキリスト教とは何か」というとき、「日本人」という言葉にも少し注意が必要かもしれません。

ここでの「日本人」は、日本国籍を持つ者を意味しません。もちろん、日本に居住していることとも違います。

先に見たように日本語を母語にする、というのは重要な要件になり得ますが、それだけでもありません。天心の視座をふまえつつ、鈴木大拙の言葉を借りれば、「日本的霊性」を生きている人々という意味で用いたいと思います。

本書の書名を「日本的霊性とキリスト教」としてもよかったのですが、こうした硬質な表現を遠藤周作はあまり好みませんでした。また、この本で見つめ直してみたい日常の生活におけるキリスト教という主題からも遠くなってしまいます。

何を日本的霊性と考えるかという問いも容易に結論を出せません。大拙はそれを鎌倉時代における禅仏教と浄土仏教の目覚めに淵源《えんげん》を見出したと書いています。『日本的霊性』という著作は、近代宗教思想史の古典と呼んでよい重要な一冊ですが、大拙の説をそのまま踏襲《とうしゅう》するわけにもいきません。

たとえば、大拙があまり顧《かえり》みなかった聖武《しょうむ》天皇、行基《ぎょうき》に代表される奈良仏教、最澄《さいちょう》、空海《くうかい》の平安仏教、『万葉集』をはじめとする和歌や『源氏物語』などの物語、伊藤仁斎《じんさい》の古義学《こぎがく》や荻生徂徠《おぎゅうそらい》の古文辞学《こぶんじがく》など、日本で内発的に開花した儒学、本居宣長《もとおりのりなが》に代表される国学の影響は無視できない。

渡来人と日本的霊性という問題も見過ごすことはできません。万葉の歌人・山上憶良《やまのうえのおくら》が渡来人だったという説もあります。

時代を大きくさかのぼれば、縄文、弥生の文化、柳田国男や折口信夫《しのぶ》が論じた仏教伝来以前、記紀の時代の日本人の死生観、あるいは沖縄、アイヌの文化までも含んでみなければ、「日本的霊性」とは何かを語り得ないのではないかと思います。

もちろん、それをここで試みるわけにはいきません。この本では、そうした射程をもちながら「日本人」という言葉を①地理的側面、②文化・歴史的側面、③霊性的側面から眺めつつ、柔軟に考えていきたいと思います。

カトリックと日本

また、ここでの「キリスト教」は、遠藤周作が生きたカトリシズムに力点を置いたものになります。必要に応じて内村鑑三《かんぞう》の無教会や、遠藤も愛読した正宗白鳥《まさむねはくちょう》が生きた、プロテスタントの霊性にもふれますが、遠藤が——そして、私もまた——信仰するカトリックに重きを置いた論述になることは先にお伝えしておきます。

カトリックのキリスト教が、日本に伝えられたのは一五四九年、フランシスコ・ザビエルの来日が基点になります。二〇一九年に教皇フランシスコが来日しましたが、その年はザビエルの来日から四百七十年が経過した、記念すべき年でもあったのです。

日本への仏教の伝来が六世紀だったことを考えると、キリスト教は新しい霊性であり、文化であることは確かです。しかし戦国時代、キリスト教は苛烈《かれつ》といってよい勢いで広がっていきます。大友宗麟《そうりん》、高山右近《うこん》、小西行長《ゆきなが》などは、キリシタン大名と呼ばれました。当時は市井《しせい》の人たちだけでなく、地域の為政者《いせいしゃ》たちにも信仰が宿るほどだったのです。

こうした状況を受け、豊臣秀吉、徳川家康はそれぞれキリスト教の禁教令を出します。キリシタンにとって最高の権威者は「神」です。関白でも征夷《せいい》大将軍でもないのです。そうした世界観が権力者にとって脅威でないはずがありません。

一六三七年、禁教令があるにもかかわらず、島原の乱が起こる。今日の言葉でいえば、信教の自由を求めた、命を賭《と》した異議申し立てでした。ここでおよそ三万人の民衆が亡くなっています。

この民衆蜂起は徳川幕府に大きな衝撃を与え、禁教令はより厳格になっていきます。『沈黙』の舞台は、ちょうど島原の乱のあとの長崎です。遠藤は『沈黙』の主人公のひとりである棄教した司祭フェレイラに、日本におけるキリスト教の布教をめぐって次のように語らせています。


「私の言うことは簡単だ、お前たちはな、布教の表面だけ見て、その質を考えておらぬ。なるほど私の布教した二十年間、言われる通り、上方《かみがた》に九州に中国に仙台に、あまた教会がたち、神学校《セミナリオ》は有馬《ありま》に安土《あづち》に作られ、日本人たちは争って信徒となった。我々は四十万の信徒を持ったこともある」（新潮文庫234頁）

四十万人という数字を事実だとすると、今日の日本におけるカトリックの人口とほとんど変わらないことになります。むしろ、遠藤の作品に見られるキリシタンの信仰する熱情を考えると、この時代の信仰者には、数字の多寡《たか》では比較できない苛烈な勢いがあったことが想像されます。

神学校も、単に建築されただけでなく、極めて高い水準での教育が行われていたことも分かっています。当時キリスト教は、たとえそれが短い期間であったとしても、信仰という個人の霊性にかかわる問題に留まらず、文化現象としても密度と熱量をもって受け容れられたのです。

霊性の文化内開花

冒頭に引用した一節にあったように、遠藤は自ら選んでキリスト者になったのではありません。しかし、そのいっぽうで、もしもキリスト者でなかったら、困難の少なくなかった生涯を生き抜くことはできなかったかもしれない、そう感じているのも事実です。

彼にとってキリスト教は知識や思想の問題ではありませんでした。むしろ、自分とは何かという問いそのものだったのです。それは日本語という母語や日本的霊性と同じく、自己と分かちがたい人生の問いにほかなりませんでした。

しかし、遠藤は『深い河』を書くことで、日本的霊性に根を下ろしつつ、それを超えたところに出ようとします。先にふれたように遠藤は、東洋的霊性とは何かをめぐってインドの霊性と文化との対話を深めていったのです。

東洋的霊性とは何かを哲学から考えた人物がいます。井筒俊彦《いづつとしひこ》（一九一四〜一九九三）です。遠藤周作における井筒俊彦の影響を見過ごすことはできません。遠藤は、自らの文学的世界観を語った『私の愛した小説』で一章を割いて、井筒からの影響を語っています。遠藤と井筒には「文学と思想の深層」と題する対談があります。そこで井筒俊彦が、遠藤の作品にふれながら霊性の文化内開花をめぐって、じつに興味深い発言をしています。

> たとえば『沈黙』や『侍』のような作品を読ませていただいた印象では、キリスト教の日本化という問題に、実存的にぶつかっておられると思う。きわめて特異な日本文化風土に捲き込まれた外来のキリスト教が、どう変質していくか。どう変わらざるをえないか、あるいは、どう変わっていくべきなのか。これはカトリック教会にとって非常に重要な問題でしょうが、私のような局外者の立場からしても、西洋的なキリスト教が東洋的日本でどう変貌するかということにたいする貴方のお考えのうちに、日

> 本文化の特性ということについての、実存的体験そのものの反省に基づく貴方の立場が、おのずから明らかになるはずだと思うんです。東洋思想の根本構造に関心を持つ私としては、そこが非常に面白い。（『井筒俊彦全集　第八巻』）

『沈黙』や『侍』で描かれたように、安土・桃山時代から江戸時代にかけて、日本で広まっていったキリスト教は、単に西洋の文化を輸入したのではなく、当時の日本人が、その霊性的欲求にしたがって、ある主体的な決意と態度のもとに受容したものだった。ヨーロッパを経由したキリスト教として日本に入ってきながら、新しい、しかし、ある意味では「古い」もう一つの霊性として血肉化していった。そう井筒俊彦は考えている。この指摘はじつに重要です。

　それは「キリスト教の日本化」という問題ではありません。むしろ「キリスト教の血肉化」というべき問題です。

　仏教はインドで生まれ、中国を経て日本に伝えられました。しかし日本は、その仏教をそのまま踏襲したのではなく、自らの文化と歴史のなかで独自の霊性として開花させました。

最澄、空海、道元《どうげん》は、それぞれ中国に学び、その経験を持ち帰りますが、中国で学んだことをそのまま行うという選択を取りませんでした。三人は天台宗《てんだいしゅう》、真言宗《しんごんしゅう》、曹洞宗《そうとうしゅう》というそれぞれの開祖になっていきます。

彼らが中国から日本にもたらしたのは最新の学説でも思想でもありません。それは「道」と呼ぶべきもの、人間がそれを生きることによってのみ確かなものになる何ものかでした。三人もまた、日本における仏教の血肉化に心血を注いだのです。彼らが生きたのは「仏教」という思想ではなく、「仏道」と呼ぶべき霊性だったのです。

キリスト教は日本に根づくのか。これは遠藤周作が生涯探究した主題でした。彼にとってそれは単に文化的な主題だったのではありません。むしろ、井筒俊彦がいうように「実存的」問題、自らの人生といのちに直結する問題でした。

同質の問題は井筒自身にもありました。個の人間の主体性と文化、霊性はどのような関係にあるのか、それは井筒にとってもまた、根本問題と呼ぶべきものでした。

さらにいえば、井筒俊彦とキリスト教にも深い関係があります。井筒の哲学を理解する鍵となる言葉は、言語を超えた意味の顕われである「コトバ」です。「コトバ」と呼ぶものと彼が最初に出会ったのは、中学生の頃、「はじめにみ言葉があった」という言葉から始まる「ヨハネによる福音書」にふれたことがその契機になっているのです。

日本におけるキリスト教の影響を考えるときは、受洗《じゅせん》した人々の足跡を追うだけでは十分ではありません。井筒俊彦だけでなく、芥川龍之介《あくたがわりゅうのすけ》、太宰治《だざいおさむ》、中原中也《ちゅうや》、小林秀雄といった文学者、あるいは山崎弁栄《べんねい》、鈴木大拙、柳宗悦《むねよし》といった宗教者、宗教哲学者の営みを見過ごすことはできません。

異文化と対話

ギリシア哲学の大家である田中美知太郎《みちたろう》が、ローマにおけるギリシア文化の関係をめぐって、興味深いことを述べています。ローマではギリシア文化の復興がさまざまなかたちで試みられます。しかし、それが実現したのは、ローマ人にとってギリシア文化はまったく異質なものだったからだというのです。それがゆえにローマ人はそれを摂取しようとした。こうしたことは、さまざまな時代、さまざまな文化において起こります。ローマとギリシア文化とのあいだにある違いは、分裂的差異ではなく、創造的差異です。それは日本とキリスト教とのあいだにもいえるのかもしれません。

私たちは異なる文化、異なる伝統との対話のなかで、新しい何かを見出し、それを自己の人生のなかで血肉化しようとします。仏教、儒教、あるいは道教も、かつては異文化の遺産でした。しかし、今日、それらの霊性は、私たちの日常のなかに豊かに生きています。多くの人がそれと気がつかないまま、空気を呼吸するように霊性の伝統を、日常の生活のなかで生きているのです。同質の意味において、キリスト教はどのように生きたものたり得るのか。それを遠藤周作の『深い河』を読みながら考えてみたいと思うのです。

遠藤周作・没後二十五年

二〇二一年は遠藤周作の没後二十五年に当たる年です。二〇二三年になりますと彼の生誕百年になります。二十世紀の日本を代表する小説家の生涯をたどってみるのにはちょうどよい時期であると思います。しかし、これは外面的な理由に過ぎないかもしれません。

遠藤が亡くなり、私は葬儀に参列しました。

後日、遠藤は自分の棺《ひつぎ》の中に二冊の本を入れてくれと言ったという話を聞きました。一冊は『沈黙』、もう一冊は『深い河』だというのです。遠藤自身も作家としての自らの生涯はこの二冊に収斂《しゅうれん》されていく、と感じていたのだと思います。

第1章　神について

なぜ、今、『深い河』を読むのか

『深い河《ディープ・リバー》』（一九九三年）は、遠藤周作の最後の長編純文学作品です。この作品もよく知られていますが、遠藤周作の代表作といえば、『深い河』ではなく、『沈黙』（一九六六年）ではないかという意見も少なくないと思います。

　確かに『沈黙』は外国語にも翻訳され、海外でも高く評価されました。遠藤はノーベル文学賞の候補になっていたともいわれています。正式な情報公開は時期を待たねばならないのでしょうが、受賞者が発表される時期になると、毎年のように遠藤の家に新聞記者が待機していたという話を、遠藤に近い人から聞いたことがあります。

　『沈黙』は、二〇一六年にマーティン・スコセッシ監督によって映画化もされ、海外でも広く上映されました。刊行から半世紀以上経った今日でもなお、新しい読者の手にわたり続けている新古典と呼ぶにふさわしい作品です（一九九一年、遠藤はアメリカで、『沈黙』の映画化のためにスコセッシと面会しています。この映画はスコセッシにとっても長年の悲願でした）。

　あるときまでは、私も遠藤の代表作はとたずねられたら『沈黙』だと答えていたと思います。しかし今は、『沈黙』だけではなく『深い河』を加えたいと思います。「遠藤周作入門」にもっとも適した作品としてであれば、まず『深い河』を挙げたいとすら考えています。ある意味では精神的自伝であるともいえる、この作品に現われた問いから遠藤周作の文学を読み解くことで、この作家が終生問い続けたことが何だったのかをとらえ直すことができるように思うのです。

『深い河』の刊行からもうすぐ三十年が経過します。この小説も『沈黙』同様、今なお、新しい読者に迎え入れられています。英語に翻訳もされています。一九九五年、この小説も熊井啓《けい》監督によって映画化されています。遠藤もそれを見て、心動かされたようです。

代表作は、もっとも優れた作品であるべきだ、という考えもあると思います。確かに、この作品が、『沈黙』と同様の完成度に達しているかというと、必ずしもそうとはいえません。むしろ、欠点の少なくない作品であるといった方がよいかもしれない。のちにふれますが、そのことは遠藤自身にも自覚がありました。

刊行当時、一読したとき私も、作品の粗《あら》が気になりました。絵画でいえば、明らかに彩色できていない場所があるのです。遠藤の体調が万全ではないことは知っていましたが、『沈黙』の読後感との違いに戸惑いを感じたのを覚えています。

しかし、その後の私の人生に大きな影響を与えたのは、ある意味では完成以上の「未完成」な作品である『深い河』でした。この作品は、思いもよらぬかたちで私の人生を横切ることになります。今ではむしろ、未完成だったからこそ、その影響が大きかったとすら感じています。

完成以上の未完成

宮沢賢治の『銀河鉄道の夜』は、多くの人が読み、そして、強く心を動かされたのではないかと思います。あの作品は未発表の作品で、未定稿です。そればかりか原稿用紙一枚ほどの文章が欠落しているのです。

この事実に気がついている人はあまり多くないかもしれません。あるいは、その事実を知っていたとしても、ほとんどの人が、あの作品から受けた感動をそのまま受け容れているのではないでしょうか。『銀河鉄道の夜』もまた、完成以上の未完成な作品です。

作品の意味――あるいは作品の重みといった方がよいかもしれません――は、それが完成されているかどうかではありません。記された言葉が真の意味で生きているか否か、さらにいえば、生き続けることができるか否かが問題なのです。

ルーブル美術館に「サモトラケのニケ」という有名なギリシア彫刻があります。胴体部と脚部だけの、頭部と腕部のない像です。あるときまでこの像も完全なかたちだったのかもしれません。しかし、時を経て、部分が損なわれることによって、完成以上の姿になったといえるのではないでしょうか。

見る人は、その欠落に存在以上の何かを感じます。ある人は、そこにその人にだけ感じられる頭部を見るかもしれません。また、ある人は、この像全体に目にも見えず、手にふれることもできない「時」のはたらきを感じるかもしれません。

「サモトラケのニケ」（ルーブル美術館蔵）

ここにはある厳《げん》粛《しゅく》な事実が横たわっています。私たちの人生がそうであるように、達成だけでなく欠落も、語られたことだけでなく、沈黙にもまた意味があるのです。

同質のことは文学や哲学の世界でも起こります。『深い河』には書かれるべき言葉があった。しかし、それは書かれないまま作品は世に送り出された。遠藤にもその自覚はありました。『『深い河』創作日記』には次のような一節があります。

［一九九二年九月八日］

荒削りのまま初稿を終えたが老齢の身で純文学の長篇は正直へとへとになった。固い氷塊にぶつかり、難儀したことは何度もあった。力わざでそこを押し切ったため、文章に命が通っていない部分も多々あるだろう。『沈黙』のように酔わせない。『侍』のように重厚になっていない。（講談社文庫121－122頁）

これは初稿を完成したときの記述で、その後、遠藤はもちろん、加筆補正をしました。しかし、それでもなお、『沈黙』や『侍』とは質感の異なる作品であることは否定できません。しかし私は、この作品には、先に挙げた二つの代表作とは違った姿をした、極めて重要な何かが宿っているように思えてならないのです。

『深い河』は、作家が全身全霊で書いただけではありません。満身創痍《まんしんそうい》と書きたくなるほどの作品なのです。原稿を手放すと、遠藤は腎臓を悪くして入院せざるを得なくなります。当時の日記に遠藤は「今まで五回にわたって手術を受けたが、今日の手術ほど痛く、辛く、堪えられぬものはなかった」と書き、こう続けています。

［一九九三年五月二十五日］
痛みをまぎらわすため、『深い河』の一節を思い出し、あそこはこう書くべきだったなどと考えるのも小説家の性であり、今のぞむのはあの小説の出来上りだ。早く表紙をなでてみたい。この小説のために文字通り骨身をけずり、今日の痛みをしのがねばならなかったのか。（同133頁）

読者は、この作品を前にするとき、書かれた言葉の奥に、作家が書き得なかったことは何かを感じつつ、読むのがよいのかもしれません。文学的経験とは、書き手が書いたものをそのまま受け取るところに生まれるのではありません。書き手が書き得なかったことを読む、という読み手の仕事があって、はじめて、言葉は真の意味で文学になるのだと思います。

うめきのコトバ

遠藤が思ったように書き得なかったのは、健康状態に問題があったからだけではありません。そこには長く作家生活を続けてきた遠藤周作をしてもなお、書き得ない重大な問いに直面していたことを示してもいます。

哲学者のデカルトは、彼の精神的自伝というべき『方法序説』を書くときに、一枚の絵のように描きたいと思ったと述べています。『深い河』は、物語の姿をした遠藤周作の精神的、さらにいえば霊性的自伝でもあるのです。作家はこの「絵」を傷つきながら描いた。ときに誰もいないところでうめきながら書いた。読者は、その声にならないうめきを受け止めることができれば、そこに文字以上の意味を感じ得るように思うのです。

遠藤周作の洗礼名はパウロです。パウロは『新約聖書』の「ローマの人々への手紙」（8・22）で、一度ならず、うめきをめぐって書いています。

> わたしたちは今なお、被造物がみなともに呻《うめ》き、ともに産みの苦しみを味わっていることを知っています。（フランシスコ会聖書研究所訳注）

人間だけでなく、この世に存在するすべての物がともにうめいている、人間はうめきという経験において、万物とつながる、それがパウロの世界観でした。『深い河』という小説には、さまざまなうめきが描かれています。それは、磯辺や大津、あるいは美津子といった主人公たちだけでなく、彼、彼女らが訪れる街に生きている、あるいは生きていた人たちのうめきでもあるのです。

『深い河』で描き出されるのは、人と人、人と「神」との関係ばかりではありません。人と植物、あるいは動物、また、水や時間といったものとのあいだに何があるのかも重大な主題になってきます。同じ書簡でパウロは次のようにも述べています。

> わたしたちはどのように祈るべきかをしりませんが、霊ご自身が、言葉に表せない呻きを通して、わたしたちのために執りなしてくださるのです。（8・26同）

うめきは、姿を変えた祈りだというのです。自分以外の誰かのうめきを聴くことができたとき、私たちは、それまで自分がうめくほかなかった試練の意味も、そのとき同時に感じるのかもしれません。『深い河』で描かれる人々のうめきにふれるとき、私たちはそこに、祈りとは何かという宗教の根本問題にふれ得るのかもしれません。

「いのち」の文学

もしも、この『日本人にとってキリスト教とは何か』という本が、評伝やいわゆる遠藤周作論であれば、『沈黙』を核に据えるのがよいかもしれません。しかし、この本の目的はそこにはありません。

これから『深い河』を通じて考えてみたいのは、いわゆる「遠藤文学」とは何かという問いよりも、人生とは何か、あるいは生きるとは何かという問いなのです。さらにいえば、真の意味における「いのち」とは何かという問題です。

ここでいう「いのち」は生命活動というときの「生命」と同じではありません。それを含みつつ、さらなる広がりを持つものです。『深い河』で遠藤は、ひらながの「いのち」ではなく「命」という表現を用いています。しかし、彼が「命」と書くとき、それは人間の生命だけを意味しません。他の動物はもちろん、植物などを含む「大きな命」を包含《ほうがん》しているのです。のちに第二章でふれますが、それは人間が亡くなってもなお、滅びることない「永遠のいのち」でもあるのです。

『深い河』の主人公の一人に大津というカトリックの神父がいます。彼は、神父になるためにフランスのリヨンにある修道院に入ります。そこで彼を待っていたのは、日本的霊性とは容易に通じ得ない「いのち」をめぐる世界観だったのです。

大津にとってキリスト教は思想ではなく、「道」でした。思想であれば、自分の実感と異なるものであったとしても、それを理解し、受けとめることができます。しかし、「道」の場合はそうはいきません。人はそこにあるものを単に考えるのではなく、生きることを求められるからです。大津は人生を賭してキリスト教を生きようとする。そうせざるを得ない経験が彼にはある。しかし、その道の道標とでもいうべき神学は、彼と神——すなわちイエス——との関係を強く否定するものだったのです。

大津は、学生時代の友人だった美津子に宛てた手紙に「神学校のなかでぼくが、一番、批判を受けたのは、ぼくの無意識に潜んでいる、彼等から見て汎神論的な感覚でした」と書いたあと、こう続けています。

日本人としてぼくは自然の大きな命を軽視することには耐えられません。いくら明晰で論理的でも、このヨーロッパの基督教のなかには生命のなかに序列があります。よく見ればなずな花咲く垣根かな、は、ここの人たちには遂に理解できないでしょう。もちろん時にはなずなの花を咲かせる命と人間の命とを同一視する口ぶりをしますが、決してその二つを同じとは思っていないのです。

「それではお前にとって神とは何なのだ」

と修道院で三人の先輩に問われて、ぼくはうっかり答えたことがあります。

「神とはあなたたちのように人間の外にあって、仰ぎみるものではないと思います。それは人間のなかにあって、しかも人間を包み、樹を包み、草花をも包む、あの大きな命です」

「それは汎神論的な考えかたじゃないか」

それから三人はスコラ哲学のあまりに明晰な論理を使って、ぼくのだらしない考え方の欠陥を追及しました。これはほんの一例ですけれど。でも東洋人のぼくには彼等のように何ごともはっきり区別したり分別したりできないのです。（198－199頁。以下、『深い河』は講談社文庫 新装版より引用）

「よく見ればなずな花咲く垣根かな」、これはよく知られた松尾芭蕉《ばしょう》の句です。じっと眺めてみる。垣根に薺《なずな》が咲いている、現代語訳をすればそれだけの句です。

しかし、ここで芭蕉が感じているのはそうした事実だけではありません。この植物を生かし、そして同時に自分を生かしている「いのち」のはたらきを感じている。さらにいえば、芭蕉がふれたのは「はたらき」である「いのち」というべきものかもしれません。

芭蕉は、薺という小さきものに「いのち」がはたらきかけていることに驚いただけではありません。「いのち」は世界に遍在していることに瞠目《どうもく》したのです。彼は、自分と植物を、さらにいえばこの空間と時間をすら包み込む、大いなるもののはたらきを全身で認識しているといってもよいと思います。

キリスト教では人間を万物の霊長として捉えるという認識がある、とされています。『旧約聖書』の「創世記」（1・28）に「産めよ、増えよ、地に満ちよ、そして地を従わせよ。海の魚、空の鳥、地を這うすべての生き物を治めよ」（前掲書）と記された言葉が根拠になっているといわれます。いっぽう仏教では「一切衆生悉有仏性《いっさいしゅじょうしつうぶっしょう》」（『涅槃経《ねはんぎょう》』）といい、生きとしいけるものすべてに「仏性」——ほとけのいのち——が宿っていると説く。

このことを東洋と西洋の自然観、さらには霊性の違いであるという言説にふれる機会も少なくありません。

しかし、キリスト教の歴史を見ると神のはたらきは太陽の光のように万物に注がれている。そのことにおいて、自然と人間は分かちがたい関係にあると考える人物もいます。中世イタリアのアッシジのフランチェスコはそうした典型的人物です。

現代でも、「創世記」が説くのは、人間が思うままに自然を利用し、消費することではなく、むしろ、それを育み、守ることである、と考える人がいます。現教皇フランシスコです。教皇は、世界のすべての人に当てた公開書簡というべき回勅《かいちょく》『ラウダート・シ　ともに暮らす家を大切に』で次のようにのべています。

> わたしたちキリスト者が時に聖書を誤って解釈したのは事実ですが、今日では、わたしたちが神にかたどって創造され大地への支配権を与えられたことが他の被造物への専横な抑圧的支配を正当化するとの見解は、断固退けなければなりません。聖書が世界という園を「耕し守る」よう告げている（創世記2・15参照）ことを念頭に置いたうえで、その本文を文脈に沿い適切な解釈法をもって読まなければなりません。「耕す」は培うこと、鋤くこと、働きかけることを、「守る」は世話し、保護し、見守り、保存することを意味します。（瀬本正之、吉川まみ訳）

パウロの言葉を借りていえば、人間に託されているのは、万物のうめきとともにあることであって、新たな嘆きを生むことではありません。教皇が回勅で語った言葉は二〇一五年のもので、カトリックの公式の見解です。神は人間の神であるだけでなく、万物の神なのです。

キリスト教は、という言い方が不正確であるなら、少なくとも現在のカトリックは、大津が語っている「大きな命」を認めています。認めているばかりか、それを信仰の中核に据えています。現在の教皇が、自らの呼称にアッシジのフランチェスコの名を選んだところにも深い意味が込められています。

生前、遠藤周作の作品は、カトリック教会と必ずしも歩調を同じくしたわけではありません。『沈黙』をめぐっては、ある司祭から強い批判の言葉が発せられました。『深い河』が刊行されたときも、この作品はキリスト教ではなく、さまざまな宗教の混淆《こんこう》、あるいは折衷《せっちゅう》を説くものだと理解されました。

しかし、世紀をまたぎ、そうした先入観から自由な場所で読み直してみると、遠藤の試みが汎神論《はんしんろん》や折衷、混淆主義からもっとも遠いところにあることが分かります。

汎神論とは、すべてが「神」であるという思想です。汎神論の立場でいえば、山の神、海の神だけでなく、路傍に咲く花も神であるということになる。しかし大津は、植物が神であると語ったのではありません。大津が感じているのは、人間にも神のはたらきが及んでいるように、植物も動物も神のはたらきによって包まれているのではないかということなのです。それは汎神論ではなく、「汎在神論《はんざいしんろん》」と呼ぶべきものです。

すべてが神なのではなく、すべてに神のはたらきが及んでいる。だからこそ人は、芭蕉のように垣根に咲く薺に強く心を動かすのではないか。さらにいえば、動かさずにはいられないのではないか、と大津は感じている。

大津は、人間と動物が同じだと語っているのでもありません。ただ、彼にとっての神は、人間の神であるだけでなく、それは他の動物や植物、さらにいえばすべての「いのち」を司る存在だというのです。

井上洋《よう》治《じ》（一九二七〜二〇一四）というカトリックの神父がいます。遠藤の親友でもあり、もっとも信頼した宗教者でもありました。遠藤の作品の読者は、彼が一度ならず、この神父に言及していることを知っていると思います。

先に見た「大きな命」をめぐる大津の発言と、井上の著書『まことの自分を生きる』を並べてみると、その影響は明らかです。井上は「山路来て何やらゆかし菫草《すみれぐさ》」という芭蕉の句を引きながら、彼が考えた「いのち」の神学をめぐって、次のように述べています。

> 山路に咲いている菫は無心である。誰かに見せてほめてもらいたいとか、もっと人のたくさん通るような路に生まれればよかった、などと自分の運命をなげきはしない。ただそこで、あたえられた生命を造化に従って一生懸命、無心に生きぬいている。それだからこそ、一輪の菫は、ほとんど目にもとまらないほど小さなものであったにせよ、菫は自分を表現している以上に、はるかに深く、みずからを生かしめている大自然のいのちの風を告げていたのである。芭蕉の心を打ったものは、このあるかなきかの小さな一輪の菫が告げている大自然のいのちの風だったのであり、そのとき芭蕉自身も、己れを生かしめているこの同じ大自然のいのちの風の中に、真の自分を生きていたはずなのである。（『井上洋治著作選集7』）

「造化」は芭蕉が用いた言葉で、先の遠藤の言葉を借りれば、万物を生かす「大きな命」のはたらきです。「造」は何かを生むこと、「化」は、はたらきを意味します。すみれは造化に従い、無心に咲く。それゆえに自らの「いのち」ばかりか自分を生かしている「大きな命」、井上がいう「大自然のいのちの風」を人間に伝え得ている。すみれは神のはたらきの場になっているというのです。

しかし、人間は自分を表現することに汲々《きゅうきゅう》として、なかなか無心に生きることができない。それゆえにこそ、自らの「いのち」を十分に感じることができず、「大自然のいのちの風」の通路になることもできないでいるのではないか、と井上はいうのです。

人間は自らのちからで生きるものである、と遠藤も井上も考えてはいません。生きる前に生かされている、それが二人の実感でした。そして、生かされているのは人間だけでなく、植物も他の動物も同じではないのか。他の生き物とつながりを回復するその道程に、人間もまた「大きな命」へと通じる道を再び見出すことができるのではないか。それが遠藤と井上の問いであり、悲願でもあったのです。

人生の危機

二〇二〇年から、私たちは文字通りの意味で未曽有《みぞう》の危機を経験しています。多くの人が生と死、あるいは、自分の弱さという問題と向き合うことになったのではないかと思います。
コロナ禍《か》、あるいはコロナ危機と呼ばれるように、危機の始まりは新型コロナウイルスの蔓延でした。しかし、その後、私たちは幾重にも折り重なる「いのち」にかかわる問題に直面しなくてはなりませんでした。危機は、今も続いています。そのなかで私たちは改めて、何ものかに生きる意味を問い直されています。

生と死、「いのち」の理《ことわり》、そして生きる意味、この三つの問題をめぐって、生涯を通じて考えたのが遠藤周作でした。

生きるとは何かという問いは、どう生きるべきかということと同じではありません。「どう生きるのか」というのは、生きる方法、処世術の問題です。これから皆さんと考えてみたいのは「生きるとは何か」という問題、すなわち「生きる」という営みそのものの意味です。

人は「生きるとは何か」を問う前に「どう生きるのか」を考えてしまうことがあります。そこに確かなものを見出すのは難しいかもしれません。それは幸せとは何かを知らないまま、幸福を追い求めていくようなものだからです。

遠藤周作と批評家佐藤泰正《やすまさ》の対談が『人生の同伴者』という一冊にまとめられていま

す。『深い河』という小説は、まさに「人生の同伴者」とは何かという問題を探究した作品でもあります。

生きるということは、簡単なことではありません。そこにはいくつもの試練があります。一人でそれを歩き切るのは極めて困難です。

ある人はよき友を、あるいはよき伴侶を、あるいは愛する人を同伴者に歩いている。また、ある人は、生者ではなく、亡き人を傍らに感じながら、また、釈迦《しゃか》や空海、親鸞《しんらん》といった人物、あるいは孔子《こうし》、老子《ろうし》などとの対話のなかに、人生の道を照らす光を見出す人もいます。遠藤の場合、同伴者は一人ではありませんでした。それはときにイエスであり、マリアでした。また、彼の母であったこともあります。

また、同伴者は、つねに人の姿をしているとは限りません。私たちは言葉を同伴者にしながら、人生という険しい山を登ることもできるのです。読者の皆さんのなかには、遠藤周作の言葉によって救われた、彼を人生の同伴者として生きてきた、という人も少なくないのではないでしょうか。

遠藤周作の作品と対話しつつ、生きるとは何かを問うことは、そのまま信仰とは何かを考えることになります。さらにいえば、遠藤とともに「神」とは何かを感じ、考える試みにもなっていくと思います。

本書は、世にある「キリスト教入門」あるいは「キリスト教文学入門」のような著作にはなりません。私たちはそうした本によってキリスト教「について知る」ことはできるのかもしれませんが、キリスト教「を知る」ことはできません。

「について知る」のは、どこまでいっても間接的経験です。遠藤が、読者である私たちを導こうとするのは、どこまでも、生きるとは何か、信仰とは何かという直接経験の場なのです。

作家の死

一九九六年九月二十九日、遠藤周作は七十三歳で亡くなりました。その日は日曜日でした。その日、私は、仲間たちと集まって、手作りの冊子を制作、梱包《こんぽう》する作業をしていました。その冊子は『風《プネウマ》』という題名で、主宰していたのは先にふれた井上洋治神父です。

遠藤と井上洋治神父の関係は、二人とも親交の深かった批評家の山根道公《みちひろ》氏の著作『遠藤周作と井上洋治　日本に根づくキリスト教を求めた同志』に詳しく記されています。

敗戦からおよそ五年が経過した、一九五〇年六月、二人はフランス船マルセイエーズ号に乗って横浜港から出港します。二人が過ごしていたのは四等船室でした。それは「船室」というよりも、ある船内にあった、特定のスペースだったようです。その状況を井上は、『余白の旅』にこう書き記しています。

> 四等船室といっても、そういう船室がとくにあるわけではなく、ヴェトナムから日本兵の捕虜の人たちを送り返すために、クレーンの並んでいる後甲板と船艙との間にある中甲板に、ずらりと折りたたみ式のカンバスベッドを並べただけのところであった。（中略）船が揺れれば汚水がベッドの下を流れるので、ふだんはとても背広など着ていられるものではなかった。荷物は一等船室にたまたま乗り合わせたフランス人の神父にあずかってもらい、私たちはふだんは海水パンツ一つですごした。（『井上洋治著作集2』）

こうした場所で一ヶ月をともに過ごす。その先にあるのは決裂か無二の親友になるかどちらかかもしれません。二人の場合は後者でした。その友情は生涯を貫くものになります。

井上洋治は、少し変わったかたちで宣教活動を行っていました。彼は自宅を「教会」にしていたのです。けっして広いとはいえないマンションですから、入れるのは多くても二十人ほどです。私は十九歳のときから、そこに通っていました。山根氏にとってそうだったように、私にとっても井上神父は文字通りの意味で師と呼ぶべき人物でした。

その教会は「風の家」という名で呼ばれていました。私はそこで何度か遠藤の姿を見たことがあります。

九月二十九日、夜、作業を終え、仲間たちと打ち上げをしているとき、電話が鳴りました。受話器の向こう側にいたのは遠藤周作の妻でした。神父への遠藤が危篤《きとく》だという知らせでした。急いで広い通りに出て、タクシーを拾い、神父を送り出したときのことを鮮明に覚えています。

このとき、私の胸を領していたのは『沈黙』ではなく『深い河』だったのです。

それまではやはり遠藤周作は『沈黙』の作家でした。そうだと思い込んでいたといった方がよいかもしれません。信頼できる仲間たちと遠藤が亡くなるという出来事を経験し、まざまざと浮かび上がってきたのは次の一節でした。

> だが、一人ぽっちになった今、磯辺は生活と人生とが根本的に違うことがやっとわ

かってきた。（『深い河』講談社文庫 新装版322－323頁）

この作品だけでなく、遠藤は「生活」と「人生」という表現によって、私たちの生における異なる次元を表現しようとしています。遠藤にとって「生活」は、いわゆる社会的生活です。人々のなかにある生活です。しかし、「人生」は、一人、「大きな命」とつながる道にほかなりません。遠藤にとって信仰とは、自らを「人生」へと向き直させるはたらきでもありました。遠藤は、『深い河』を執筆当時の日記にも「生活」と「人生」をめぐる記述を残しています。

〔一九九二年二月十六日〕

朝、ミサ。いつもと違って今朝のミサは母や兄がその秩序にいる神（キリスト）の愛をひしひしと感じた。というより少年時代のあの夙川の教会の思い出が蘇り、私は幸福感に充された。そしてここは生活ではなく人生だと心の底から思った。（毎日土曜まで私が送っているのは生活だ）今後は毎週ミサに来よう。そして人生にふれよう。悦びを感じながらミサの終り、母が好きだった聖歌をきく。（『『深い河』創作日記』

講談社文庫71頁）

教会におけるミサという聖なる空間にいるときだけが「人生」だというのではないのです。「神（キリスト）」と向き合う場が、遠藤にとっての「人生」です。また、遠藤にとって「人生」は、母や兄といった亡き者たちとのつながりを感じる時空でもありました。

ここでは「毎日土曜まで私が送っているのは生活だ」と書いていますが、執筆が佳境に入るとき、遠藤はそこでも「人生」を感じたことがあったと思います。

「人生」とは、私たちの生、すなわち存在そのものが深化する現場です。ある人は、何かに没頭するときに、また、ある人は家族に料理を作っているときにそれを経験することがあるかもしれません。

また、「人生」において私たちは自己の深みを知るだけではないのです。そこで「神」と他者——亡き者を含む——に向かって開かれてもいく。自己と深くつながり、他者と神に向かって開かれていく、そこに「人生」がある、そう遠藤は感じています。

生涯には、さまざまな人と出会います。ある人とは「生活」の次元で、また、ある人とは「人生」において出会います。

「生活」だけの「生」もなければ、「人生」だけの「生」もありません。しかし、「生活」を忘れて生きることはほとんどありませんし、むしろ「生活」でいっぱいになることは珍しくない。しかし、「人生」が見えなくなることはあります。「生活」に埋もれそうになる「人生」を見過ごさないこと、そうした営みにおいてかけがえのないものは何か。それが『深い河』の主題ではないかと思います。

遠藤は『私のイエス』で『新約聖書』にある「霊と肉」という表現にふれながら、「生活」と「人生」の差異にふれています。

> 人間にとって肉体と霊魂、そのどちらか一方が欠けるということは考えられません。〝人生〟だけで生きることはできないし、〝生活〟だけで生きることもできないわけです。（祥伝社文庫224頁）

「生活」と「人生」がどのように折り重なっているのか。そして、信仰はそこにどのようにはたらいているのか。それは『深い河』だけでなく、遠藤周作の根本問題だったのです。

第2章 死について

『深い河』は、磯辺という男の妻啓子が、がんに罹患《りかん》し、余命が限られていることが発覚するところから始まります。

> エレベーターまで歩いていく間、まだ現実感がなかった。妻が死ぬ、ということは彼の想念に一度も昇っていなかった。映画をみている最中、突然、まったく別のフィルムが映し出された感じである。
>
> 冬の夕暮れの、鉛色の空を茫然と見た。また外でやき芋屋の声が聞える。ほかほかのやき芋ォ。妻にどう嘘をつこうか、頭のなかで探し求めた。病人の鋭敏さで妻は磯辺の心の動きをすぐ見ぬくだろう。エレベーターのそばにある椅子に腰をおろした。二人の看護婦が楽しげに話しながら通った。彼女たちは病院で働いているのに病気や不幸とはまったく関係のない健康と若さとに溢れている。（講談社文庫 新装版8-9頁）

　磯辺は、けっして悪い男ではないが、良い夫ではありませんでした。彼は、けっして不真面目な人間ではないが、十分に妻を大切にすることができなかった。自分がやりたいこと、やらねばならないと思ったことに熱中するあまり、立ち止まり、生活の奥にあるものを探そうとすることもなかったのです。妻はそばにいて、家事をするのが当たり前で、二人が出会った意味を深めようとすることも忘れていた。

二人は結婚し、短くない歳月をともにし、結婚生活と呼ぶべきものもあった。しかし、結婚後に始まるはずだった「人生」の幕は、少なくとも磯辺の前では開くことがありませんでした。彼にとっての「人生」は、妻が亡くなってから始まったといってもよいと思います。

人生の「冬」

外からは「ほかほかのやき芋ォ」というやき芋屋の声が聞こえる。これは何気ない日常の象徴です。遠藤にとって印象深い経験なのか、同じ光景が、一度ならず描かれています。

しかし、若い読者の方は、やき芋屋という存在も知らないかもしれません。軽トラックの荷台にやき芋を焼く設備を積んで、街中に売りに来る。冬の風物詩です。しかし、ここで象徴されているのは、実際の季節としての冬だけではなく、突然やって来た「人生の冬」でもあるのです。

人生の四季という言葉があります。英語でもseason of lifeという表現があります。冬は必ず、秋のあとにやってきます。秋になったら冬の準備を始めることもできる。でも、「人生の冬」は、いつやってくるか分からない。

人生の春はいろんなものが芽吹くときです。夏は、それらを謳歌する時節、秋は、実りを収穫し、人々と分かち合う季節なのでしょう。人生の冬とは何か。樹々の葉が落ちていくように、何かの終焉《しゅうえん》の時期のようにも思われます。

しかし、ある人たちは、冬に単なる終焉に終わらない何かを見ています。民藝《みんげい》運動の中核的人物として知られる柳宗悦は、若き日にカトリックに深く親しみました。後年になって彼は「心偈《こころうた》」と呼ぶ独自の短行詩の様式を提唱します。そこには冬をめぐる作品があります。

冬ナクバ
春ナキニ

この言葉に柳は自註を付けています。「冬こそ春を招く因なのである、冬あっての春だともいえ、また春のために冬があるともいえ」ると書き添えています。春のために冬がある。冬は春を準備している、というのです。柳は冬と春にふれ、別の作品も残しています。

冬　キビシ
春ヲ含ミテ（『南無阿弥陀仏　付心偈』）

冬の日々は過酷である。しかし、そこには厳しさだけでなく、「いのち」が新たに生まれる春が見えない姿で宿っている。「雪の冷たさは、ただ冷たいのではない。春の訪れを含んでいる」、冬こそが春の到来を静かに告げているというのです。

「冬」は、四季のなかでもキリスト教と、もっとも密接な関係にある季節です。十二月二十五日、イエスの誕生を祝うクリスマスは冬の出来事です。実際に生まれたのは十二月ではなかったと考えられていますが、今、世界中でこの日をイエスの誕生日として祝っています。

神の子であり、救世主でもあるイエスの誕生を「冬」に据えた。これがキリスト教の霊性です。もともとはローマの太陽神の祝日だったとされています。イエスのはたらきは陽の光のように分け隔てなく降り注ぐというのでしょう。

そして、冬は、人々が太陽を切望する季節でもあります。光を求めるように神を求める。そのためにも私たちはいつも、自分のなかに「冬」を感じていなくてはならない。キリスト教の伝統はそう語っているのかもしれません。

冬は過酷なだけの季節ではない。そこには約束された春がある、そう感じたのは柳だけではありません。シュタイナー教育の創始者として知られるルドルフ・シュタイナーも同質な言葉を残しています。

深い冬の中で
霊の真存在が 熱を帯びはじめる。
心情の力によって
万象が 実在の確かさを獲得し
人間の内部で 魂の火が
宇宙の冷気と戦う。（『魂のこよみ』高橋巖訳）

肉眼で見える世界では葉が落ち、雪が地面を覆い、何も起こっていないかのように映る。しかし、その深部では、「いのち」の炎が熱を帯び、「万象が実在の確かさを獲得し」、人間の内面でも魂に火が宿り、迫りくる冷気と戦っている。それが「冬」の真の姿だというのです。遠藤はシュタイナーの読者でした。シュタイナー研究の第一人者で、先の一節の訳者でもある思想家の高橋巖《いわお》との対談もあります。『死について考える』と題する作品で遠藤はシュタイナーをめぐってこう述べています。

> シュタイナーの言葉をここで思い出します。青年時代は肉体の季節、中年は心と知性の季節、そして老年は魂の季節。
> 魂は肉体や心の奥底にあって、本当の声を——いわゆる本音をついに出しはじめるようです。
> このように、私はキリスト教徒ですから、死ぬ時に心の底にかくしていたものが現われて、あるいは悶え苦しむかもしれぬ、しかし、その本音を神はわかってくださる、と考えています。（光文社文庫145-146頁）

肉体の季節、心と知性の季節、魂の季節と呼ぶべき、それぞれの季節がある、とシュタイナーは考えた。春に紅葉が観られないように、それぞれの季節でなくては経験できないことがある。

「冬」は終わりの季節です。しかし、それは魂としての存在に向かって純化しつつあるともいえる。そこで人は、真実を吐露《とろ》するようになる。切なるものを求めるようになる。そして、人生の冬に訪れる死は、この世での生活の終わりであるだけでなく、もう一つの世界での新生、すなわち「春」を宿してもいるというのでしょう。

消えない「いのち」

磯辺の妻啓子は自分の病の治癒が難しいことをからだで感じています。しかし、夫である磯辺はそのことを告げられない。余命が限られていることを告知できない。そこには妻を傷つけたくない、という妻を思いやる気持ちもあるのですが、彼自身もまた、その現実に直面する準備ができていない。

ある日、今後の治療方針をめぐって会話をしていたとき、妻は「そんな、お金のかかること、わたくしに必要ないわ」と言う。彼女は、どんなことをしてでも一日も長く生きようとは思っていない。作品では、先の言葉に次のような一節が続いています。

必要ないわ、という言葉には、外で遠くから聞えるやき芋屋の声と同じような微妙な寂しさと哀しさとがまじっていた。ひょっとしたら彼女、何もかもわかっているのじゃないか。突然、妻はひとりごとのように、

「さっき、あの樹を見ていたの」

病室の窓に向けられた妻の眼は遠くに何かを抱くようにあまたの枝をひろげた銀杏の巨木に向けられていた。

「あの樹、どのくらい生きてきたのかしら」

「二百年ぐらいじゃないか。とに角、このあたりで一番、古い樹だろう」

「あの樹が言ったの。命は決して消えないって」（『深い河』講談社文庫 新装版10頁）

ここでの「命」は身体的生命ではありません。死を迎えれば身体的生命は、その活動を止められてしまいます。ここでの「命」は、死ののちも生き続ける「いのち」、「人格的生命」と呼ぶべきものです。

「いのち」を「人格的生命」という言葉で表現したのは哲学者の西田幾多郎《きたろう》（一八七〇～一九四五）です。西田は、この世界の理《ことわり》を「絶対矛盾的自己同一」という言葉で表現しました。「いのち」は「絶対矛盾的自己同一」として、すなわち論理的には絶対的に矛盾するかたちで存在する。絶対的な矛盾を含みながら存在する、それがこの世の理だというのです。

　死を経れば生命は消える。これが身体の論理です。だが、「いのち」は死を経ても生き続ける。これが論理的に矛盾した表現であることは誰にも分かります。それにもかかわらず、多くの人はそこに矛盾を超えた「私の真実」と呼ぶべきものを認識してもいる。のちにふれますが、「生きている死者」の存在を感じている。

　啓子は、樹木によって「いのち」の理を告げられる。このとき彼女が経験したのは、情報や知識を「あたま」で「知る」こととは別種の経験です。彼女はそれを全身で認識しているのです。啓子は西田幾多郎を読んだことはなかったかもしれない。しかし、彼女は「絶対矛盾的自己同一」を生きている。

言葉の世界とコトバの世界

このとき、啓子にとって樹は、植物であるだけでなく対話の相手になっています。植物は言語を発しない。植物と啓子のあいだにあるのは沈黙です。でも、だからこそ、言語的意味以上の意味が植物から啓子に伝えられているともいえる。彼女と樹のあいだにあるのは、私たちが通常用いる言語、あるいは音声ではありません。沈黙の奥に潜むもう一つの言葉、井筒俊彦がいう「コトバ」にほかなりません。

いつしか彼女は病を生きるなかで、樹木のコトバ、あるいは自然のコトバを理解するようになっていた。啓子にとって世界は多層的に存在している。しかし、磯辺にはまだコトバの世界が開かれていません。死とは、言葉の世界からコトバの世界に移り行くことである、彼女に語りかけた樹はそう告げたのです。

この小説は、言語としての言葉の世界と、人間が樹と語り合うコトバの世界が重層的に描かれています。「生活」に追われているとき、私たちはこの世界からのコトバを聞き逃している。

「いのち」の理は、言葉よりもコトバによって語られる。それが『深い河』の作品世界です。ですから、読者である私たちも、この作品を読むときに言葉だけを追っていると、表層を撫《な》でるだけで終わってしまうのかもしれません。

妻にとって樹は、「いのち」の秘密を教えてくれる賢者のような存在です。しかし、磯辺にとって樹は、いつも目にしている植物に過ぎません。磯辺は妻の悲しみは理解できる。しかし彼はまだ、彼女が悲しみの奥で経験している人生の出来事を理解できないのです。

信じることと知ること

磯辺が特別なのではありません。現代人の合理的精神は、啓子の話をある種の比喩として理解します。あるいは、錯覚だと考える。しかし、啓子は比喩を語ったのではない。むしろ、切実な経験を語っていることは一目瞭然です。彼女は混乱もしていません。

もちろん、こうした出来事は日常にはあまりないように思われる。しかし、自分が経験していないことはすべて嘘だといえるでしょうか。

ある経験が真実であるかどうかを科学的に検証する。その上で、それを受け容れても、それを信じたことにはなりません。ある段階を経て、「知った」だけです。理論物理学を理解しなくても、私たちは最先端の物理学者がそのことを証明したことを「知る」ことで安心しています。むしろ、「信じる」ことを恐れているといってもよいかもしれません。

啓子は樹が語ったと信じたのです。信じるほかないほどの何かがそこにあった、というべきなのかもしれません。

「知る」世界には、分からないことはあっても、謎はありません。しかし、遠藤周作がこの小説で、読者を導こうとするのは、謎なき世界ではないのです。謎のある世界、というよりも謎である世界なのです。

そして、彼が読者に問うのは、証明しがたい事実を前にしたとき、それとどのように向き合うのかという生の態度でもあるのです。

分からないことは何でも信じる。それは盲信です。軽信という表現もあり、狂信という言葉すらあります。それらは遠藤が探究していることとは関係がありません。しかし彼は、知性と理性だけですべてが解決可能だとも思っていない。解決、あるいは解答とは別の何かがあるのではないか。そう感じている。

これまでの言葉でいえば「生活」の次元には答えがあるのかもしれない。しかし、「人生」を歩むには、答えとは異質な何かが必要なのではないか。さらにいえば、解答とは異なる確かな何かを見出していける、それが「人生」の現場なのではないか。そう遠藤は考えている。

「生活」の現場で私たちは、最適解を探すのに躍起になっています。それはそれで意味がある。しかし、それだけでは終わらない「人生」があることも私たちはどこかで感じている。ある時期まで人は、「解答」のある世界で生きています。それをより早く、あるいはより広い範囲で見つけられる人が優秀だと認められる。たとえば、学校はそうした特殊な社会です。しかし、啓子が直面しているのはまるでことなる局面であり、次元です。

啓子はもう、かつてのように「生活」することができない。「人生」の声を聞いたからです。しかし、その分、深く己れの生を生きている。生きざるを得なくなっている。

いっぽう磯辺は、どう行動するのが最適かを思い悩んでいる。そこに彼の精一杯の誠実はある。しかし、妻とのあいだには埋めがたいものがある。物理的距離という観点からいえば、啓子と磯辺は、これまでになかったほど近くにいる。でも、次元という問題になると磯辺は啓子の深さに遠く及ばない。そして、磯辺は妻の生前、その次元の差異に気がつくことはなかったのです。

「生活的読書」と「人生的読書」

「生活」と「人生」は、私たちの日常でも、さまざまなところで交錯《こうさく》します。そして、多くの場合、私たちは人生の扉の前を通り過ぎているのかもしれないのです。

たとえば、「読む」という営みにおいても私たちは「生活的読書」と「人生的読書」という二つの経験をしています。

役所から送られてくる文章を読むとき、私たちは「生活的」に読んでいます。そこに記されている文字を辞書的に読む。そこで得られる情報はほかの人と同じです。あるいは、小説を読むとき、話のすじに乗って読む。それはまだ、「生活的読書」の域を出ていないかもしれません。

しかし、『深い河』という小説は、読者に「人生的読書」を強く求めてきます。

先に最初にこの作品を読んだとき、粗が気になったと書きました。そのとき、私はまだ「生活的読書」の枠を超えていませんでした。この作品をどう評価すべきかを考えていました。でも今は、まったく異なる態度で接しています。それを親交を長く温めた友の告白を聞くように読んでいます。何を語ったのかだけでなく、何を語らなかったのか。あるいは何を語れないのかに心を配りながら、黙って流れてくるコトバに寄り添っています。

「人生的読書」が始まる。すると読者はそこに事実を読むだけでなく、自分の人生と共鳴させた真実を読むことを促される。ある人は、磯辺は私だ、と感じるかもしれません。事実、私がそうでした。

また、「人生的読書」において私たちは、「あらすじ」ではけっして表現できない、意味の流れを感じるのです。遠藤はそうした態度で『聖書』を読んでいました。イエスの生涯を描き出した文章のなかで遠藤は「事実」と「真実」の違いにふれて次のような言葉を書き記しています。

> だが考えてみれば対象がイエスであれ、他の人間であれ、正確なる伝記などは実現が可能であろうか。伝記作家はある人物の生涯について出来る限りの材料を集めてくるが、その材料は多くの場合、「他人から見たその人物」についての材料なのであり、他者から見たその人物はそれぞれの視点によって描かれている以上、伝記作家は結局、他者という眼鏡を通してその人物の姿に肉薄せねばならぬのである。イエスについても事情は同じなのだ。たしかに我々はイエスの生涯を正確にたどることはできぬ。事実の通りイエスの行動を記録することもできぬ。しかし聖書を読むたびに私たちが生き生きとしたイエスやそれをとりまく人間のイメージをそこから感じるのはなぜだろう。それは事実のイエスではなくても真実のイエス像だからである。（『イエス

の生涯』新潮文庫54頁）

遠藤にとって『聖書』を読むとは、事実を確かめることではなく、その奥にある真実にふれようとすることでした。ここで彼が語っているのは「真実」の感触、「真実」の手応えというべきものです。

「真実」は、客観的な事象にではなく、個々の人生に秘められたその人の「真実」に呼びかける。「真実」にふれようとする者は、己れの真実を手離してはならない。むしろ、それを燈火《ともしび》にして歩みを進めるとき、その先でもう一つの「真実」に出会う、というのです。

「生活」と「人生」が分かちがたいように、「事実」と「真実」も折り重なるようにして存在しています。しかし、それはけっして同じものではない。不可分でありながら不可同なのです。「真実」は誰によっても確かめられる科学的真理とはまったく別種なものです。それを感じ得るのは自分だけかもしれない。そうした人生の出来事を胸に宿したとき、私たちの「人生的読書」が始まるのかもしれません。

たとえば、「人生的読書」においては、次のような何気ない一節も重大な意味を帯びた光景になってきます。

「ちゃんと、食事をしているわね。洗濯物は母に渡してくださいよ」

「やっているよ」

廊下に出たが、胸は鉛をつめこまれたようだ。（『深い河』講談社文庫 新装版11頁）

何気ない会話です。妻は夫に、ちゃんと食べてくださいね、という。洗濯物は自分の母に渡してください。とても大事なことだから、と言葉を重ねる。しかし、磯辺は、それを十分に受け止められない。

彼の内心では、妻の病に比べたら、食事や洗濯など、どうでもいい、そんな声がしたかもしれない。でも、そう口に出すこともできず、やり場のない悲しみを飲み込むほかなかった。

毎日の食事や洗濯、こういう日常のことの重みが磯辺には分からなくなっている。あるいは、今までも分かっていなかった。食事は空腹を満たすものであり、洗濯は汚れを落とす仕事でしかなかった。このことは人間の幸せとは何かという問いでもあったのです。

誰かとともに暮らすということ、誰かとともに食事をすること。あるいは誰かが近くにいてくれるということ、誰かと言葉が交わせるということ。誰かのことを思うことができる人生、磯辺にとってこれはどこまでも日常であって、それ以上のものではありませんでした。それが突然奪われることになり、彼は動揺している。日常の意味の深みを彼が発見していくのは、のちに赴くインドへの旅まで俟《ま》たなくてはならなかったのです。

次の場面からは、啓子と磯辺の生の次元の差異が鮮明に見えてきます。

「ふしぎな事があったの」

何か遠くでも見るように啓子は夫に言った。

「今、点滴を受けたあと、眠ってしまったら、夢のなかで、家の茶の間が出てきて、うしろ姿のあなたが見えたのよ。あなたったら、台所でお湯を沸かしてそのままガスの火を消さずに寝支度を始めるんですもの。わたくし、薬缶が空焚きになって火事になると必死に叫ぶのよ……知らん顔をしているんですもの。何度も何度も叫んだわ。だけど、あなた、寝室の灯をけして……」

しゃべっている妻の唇の開閉を磯辺は直視していた。夢の内容が事実だったからだ。

昨夜、寝室の電気を消して眠りに入った時、彼は何とも言えぬ胸騒ぎを感じて眼をあけた。瞬間、台所のガスをつけたままだったのに気づき、反射的に飛び起きた。台所に駆け込むと薬缶は鬼灯《ほおずき》のように真赤になっていた。

「本当か」

「本当よ。どうして」

彼が正直に告白すると、啓子は緊張した顔で聞いていたが、

「わたくし、まだ役にたつんだわ」

と夢からさめたような表情で呟いた。（同18-19頁）

妻はベッドで横になっているほかないから、自分を役に立たない存在だと感じている。しかし、どんなかたちであっても、夫との生活に参与できていることによろこびを感じる。

ここで話されていることを理論的に説明することはできない。ユング心理学でいう共時性ですが、そういったところで、ことの本質が見えてくるわけではない。ただ、遠藤とも

親しかった河合隼雄《はやお》は、ある意識の次元にふれるとき、人は共時的経験にむかって開かれていく、ということはいえるかもしれないと述べています。

先の会話を読むだけで、啓子が、病という試練を背負う以前から、どんなかたちであれ、夫との日常に寄与できることを探し続けていたことが分かります。それは彼女にとって姿を変えた祈りだったのです。でも、磯辺は妻の祈りにも似た営みを知らない。仕事をする。こうしたところにも妻の支えがあることに気がつけない。「わたくし、まだ役にたつんだわ」という一言に潜む意味の深みが、磯辺に本当に感じられてくるのは妻が亡くなってしばらく経ってからでした。

こうしたことは、私たちの人生にも起こり得ます。言われたそのときに言われたことを理解できるとは限らない。その人が亡くなって、ある年月を経て初めてわかるということも私たちにはしばしばある。

先に『聖書』にふれましたが、イエスの生涯が記された四つの「福音書」を読むと、生前イエスが語った言葉のほとんどを弟子たちが受けとめ損ねているのが分かります。しかし、その言葉、より精確にはイエスの営みを含んだコトバ——は、弟子たちの魂に留まり、イエスが亡くなったあと、彼らの魂でまったく新しい意味を帯びてよみがえってくるのです。

今、分からない、あるいは意味が感じられないからといって、それを無意味であると自分の人生から切り捨ててしまうのはもったいない。特に関係の深い人の言葉はそうです。そして私たちの人生を変える力を持った言葉とは、啓子が発したような、ある意味では凡《ぼん》庸《よう》な、これまで幾度となく耳にした、つぶやきのような言葉なのではないでしょうか。

本を読み、名言と言われるようなものに出会うことも少なくありません。しかし、遠藤の言葉を借りて言えば、それらは「生活」の次元での出来事であることが多い。「生活」に役に立つ言葉であって、私たちの「人生」を根底からひっくり返すような言葉はむしろ、平凡な、ありふれた言葉なのではないでしょうか。ありふれているから、見過ごす。多く、いつでも、それに接することができると思うから、その重みを無視するわけです。

病院で啓子の付き添いをしているのが成瀬美津子という女性です。『深い河』には複数の主人公がいるといってよいかと思いますが、彼女もその一人です。磯辺は美津子と妻への告知をめぐってこんな言葉を交わします。

「あのことは当人は知らないでしょうね」と声をおとして磯辺は彼女に囁いた。「私

> も黙っているんです。宜しくお願いします」
> 「存じております。でも……」と成瀬美津子は静かな声で、「でも奥さま、お気づきかもしれませんよ。末期癌の患者さんは周りが想像している以上に、御自分の死を御存じなんです」（同20―21頁）

告知はしないが、相手はそれを知っているかもしれない。こうした境遇を経験した人は少なからずいると思います。

病を生きる本人は、迫りくる死というものを感じている。でも、そのことを口にしない。理由は、自分が苦しんでいるのを近しい人が知れば、その人たちもまた苦しむ。自分の発言は、苦しみをさらに深めるだけだというのでしょう。啓子という人物は、最期まで自分のことを二の次にできる人物です。死を前にしてもなお、彼女は利己主義から遠い場所にいるのです。

磯辺は、妻の死という未曽有の試練と、どう戦うべきかというのを考えている。しかし啓子はいっそう過酷な戦いを生きている。残される遺族の悲しみが過酷であることはいうまでもありません。しかし、逝かねばならない者の悲しみもまた苛烈なのです。

そして、ついに啓子が亡くなる日が来ます。そこで彼女は磯辺とある「約束」をします。

「俺だ、俺。わかるか」

磯辺は妻の口に耳を近かづけた。息たえだえの声が必死に、途切れ途切れに何か言っている。

「わたくし……必ず……生れかわるから、この世界の何処かに。探して……わたくしを見つけて……約束よ、約束よ」

約束よ、約束よという最後の声だけは妻の必死の願望をこめたのか、他の言葉より強かった。（同25頁）

必ず、どこかに「生れかわる」と啓子はいう。そして、自分を探してくれるように懇願するのです。

「生れかわる」とは何か、それは、この小説の最重要の主題です。この小説には、まったく違う場所で生きた人たちが登場します。その人たちが求めているのも、何らかの意味で「生れかわる」ことなのです。そうした人々の姿を見ていると生きるとは、どうにかして生まれかわろうとすることだ、とすらいえると思います。

「生れかわる」という妻の言葉を磯辺は、文字通りの意味で受け取ります。妻はどこかに転生すると考える。どこに転生するのかを知るために彼はインドまで行くことになるのです。


（あいつは旅行に行っている）と磯辺はその煙にむかって呟いた。（旅行から戻ってくれば、すべて前と同じ生活がはじまる）それなのに、彼の口だけは参列者に礼の言葉を言っていた。

　係員が来て、火葬が始まる事を告げた。やがて磯辺の眼の前で制服制帽を着た中年の男が竈《かまど》のスイッチを入れ、鉄橋を走る新幹線のような音がひびいた。何が起り、何が行われているのか、この時も茫然としている磯辺にはわからなかった。「ただ今より、そのお箸で骨を拾って壺に入れて頂きます」と制服の男は無表情に告げ、大きな黒い箱を引き出した。そこに散乱している妙に青白い骨片を磯辺はどうしても妻のものと信ずることはできなかった。（これは一体、何だ。何を俺たちはやっているんだ）と彼は泣いている義母や女たちのそばでひとりごちた。（これはあいつではない）（同26頁）

これは彼の内なる声です。「旅行」という言葉には、今はいないが、いつか必ず戻ってくるということが含意されています。磯辺は死の旅に出たものは二度と戻らないことを理解している。しかし、それでもなお、妻は「旅行」に行っていると内心でつぶやかざるを得ない何かが彼のなかにある。彼の知性や理性は妻の死を認識している。そのいっぽうで彼の深いところにあるものがその死を受け容れない。

ここでの発言を言葉通りに受け取れば動転した男の吐露に過ぎません。しかし、それを象徴的に読むとき、まったく違った光景が見えてきます。ここには磯辺の将来が照らし出されているようにも感じられるのです。

妻は目に見える形で戻ってくることはないが、かつてとは違った姿で「戻ってくる」。磯辺はそのことをどこかで感じている。さらにいえば、その気づきこそ、妻が遺したもっとも大切なものだったのです。

内なる声は、ときに不思議な響き方をします。その声は音声ではありません。いわば声ならぬ声、無音の声です。

それを聞き取るのは、耳ではありません。それは、もうひとつの耳に響いてくる。昔の人はそうした耳を「心耳《しんじ》」と呼びました。

耳は声を瞬間で聞き取ります。むしろ、耳は瞬間の音しかとらえることはできない。しかし「心耳」は違います。「心耳」は、無音の声を、ある持続のなかで受け止めます。それは無音の響きとなって私たちの人生を流れ続けるといってもよいかもしれません。

無音の声と生きる以前の磯辺の生涯は、ほとんどが「生活」によって埋め尽くされていました。しかし、ひとたび無音の声を引き受けた彼は、「人生」を生きずにはいられなくなります。水平に流れゆく「生活」の軸に、垂直方向に深まっていく「人生」という軸が顕現するのです。

困難にぶち当たったとき、私たちは未知な情報を探します。あるいは新しい知識を求めます。しかし、そうしたとき試みなければならないのは、新しい何かの発見ではなく、自分が見過ごしてきたことと向き合うことなのかもしれない。

見過ごしてきたこと、それは、ときに厄介で、ある労苦をもたらすものかもしれない。しかし、労苦があるということと、それが無意味であることは、まったく関係がありません。

「人生」は私たちに進むことではなく、むしろ立ち止まり、佇《たたず》むことを、そして、問いを深めることを求めます。立ち止まることさえできれば、目に入るものはたくさんあります。

ある日、磯辺は、妻が亡くなる二十日ほど前に書いた手記に遭遇します。

　一月二十二日　曇

　今日も点滴。腕の血管はもうボロボロで、内出血の青黒い痕が至るところにある。

　わたくしは窓の向うのあの銀杏の樹に向って話しかける。

　「樹さん、わたくしは死ぬの。あなたが羨しい。もう二百年も生きているんですね」

　「私も冬がくると枯れるよ。そして春になると蘇る」

　「でも人間は」

　「人間も私たちと同じだ。一度は死ぬが、ふたたび生きかえる」

　「生きかえる？　どういう風にして」

　やがてわかる、と樹は答えた。（同30頁）

死と別離という人生における冬の経験は、新生と新たな出会いという春への避けがたい道程であることが記されています。

妻は、忘備録としてこの日記を書いたのかもしれません。しかし、今それは残された磯辺への形を変えた手紙になっています。人は、さまざまなものをこの世に遺していきます。物だけが遺品なのではありません。言葉もまた、そうなのです。さらにいえば、姿のない言葉こそ、真実の遺品かもしれないのです。

言葉という遺品、これはキリスト教の核にふれる問題でもあります。イエスは言葉とコトバのほかには何も遺しませんでした。イエス亡きあと、弟子たちが行ったのもイエスの言葉を運ぶことでした。同質のことは磯辺にも起こっていました。

> 「女って、どうして、そんな話が好きなんだろう」
> と姪の夫があくびをしながらしめくくった。
> 「うちの死んだ女房も……」
> と言いかけて磯辺は口をつぐんだ。信じてはいないが妻の最後の言葉は彼にとって他人《ひと》には洩らせない大事な秘密でもあった。妻が自分にくれた大切な遺品のようなものだった。（同36頁）

言葉は不思議な遺品です。それは、遺されたときのままでは存在しません。受け取った人の心のなかで育っていきます。

どのように言葉の種子を育み、花開かせることができるか。それが妻亡きあと磯辺にとって、「人生」の問いになっていくのです。

第3章　出会いについて

『河』から『深い河《ディープ・リバー》』へ

『深い河』は、初稿が完成した時点では『河』という題名でした。それがあることをきっかけに『深い河《ディープ・リバー》』へと変わっていきます。

作家の意図とは別に、この作品を「ディープ・リバー」と呼ぶ人にあったことがありません。多くの人は自然に『深い河』と呼んでいると思います。私自身もそうです。『深い河』という響きに何かがあるように感じています。しかし、遠藤周作にはどうしても「ディープ・リバー」としたい経験があった。それがエピグラフにある次の一節との出会いだったのです。

深い河、神よ、わたしは河を渡って、
集いの地に行きたい

これはアメリカの黒人霊歌の一節です。出来事は一九九二年十一月八日に起こりました。この日は一日在宅だったと日記には書かれています。どのようにかは不明なのですが、遠藤は黒人霊歌の「ディープ・リバー」を聞く（山根道公氏が遠藤周作に手紙を出して尋ねたところ、バーバラ・ヘンドリクスのCDだと返信をしています。私もその葉書を見せてもらったことがあります)。

黒人霊歌というとリズミカルな曲を思いがちですが、この歌は違います。じつに静かな、胸の深部に響いてくる一曲です。この歌との邂逅《かいこう》は、作品名を変えなくてはならないと思うほどの衝撃を与えました。遠藤は、翌日の日記に当時の思いをこう記しています。

［一九九二年十一月九日］

仕事場にて、少し仕事。憂欝な気持を『深い河』の草稿を訂正することで忘れたいのである。「河」という題が「深い河」という題に変ったのは黒人霊歌の「深い河」を昨日聞いて、それこそこの小説の題をあらわしていると思った。作品中にこの霊歌を暗示する一節を入れたい。(『『深い河』創作日記』講談社文庫129頁)

初稿を仕上げたのはちょうど二ヶ月前のことでした。直しの筆は思ったように進まない。著しく体調を崩していたのです。少し前には眼底から出血し、失明の危険があることを医師から告げられています。幾重にも迫りくる困難を前に彼は、やはり苦難を生きた黒人たちの苦痛を感じたのかもしれません。

　アメリカで黒人に公民権が認められたのは二十世紀中ごろです。建国から二百年が経過しても、権利の平等はなかったのです。コロナ禍のアメリカでも一人の無抵抗な黒人が警察官に不当に殺されるという出来事をきっかけにBlack Lives Matterという運動が起こりました。試練は今でも続いているのです。

　差別や迫害という重い荷物を背負って生きる人々にとって信仰は希望の光だった。人々は社会的生活とは別に信仰的生活と呼ぶべきものを持っていた。そして、社会的生活が暗くなっても、信仰的生活によってそれを支え、日々の暗がりを照らし出そうとした。「ディープ・リバー」には、真の自由と平和、そして聖性を求める人々の祈りが込められています。

　ここまで書くと、遠藤周作の作品に親しんでいる方は『沈黙』に記されていた一節を想い出すかもしれません。禁教令のもとで迫害に遭った人々もやはり、次のような歌を口にしたのでした。

　　参ろうや、参ろうや

パライソ寺に参ろうや
パライソ寺とは申すれど
遠い寺とは申すれど……　（新潮文庫174頁）

「パライソ」は音が「パラダイス」に近いことからも想像できると思いますが天国のことです。「パライソ寺」は天国にある教会、天の教会です。「パライソ寺」は「ディープ・リバー」の「集いの地」なのです。

『深い河』や『沈黙』に登場する試練を生きた人々にとって、彼方の世界は、どこかにある空想の場所ではなく、目に見えず、手にふれることはできなくても、じつにありありと実在が感じられるものだったのです。

小説の題名は一行詩

もしもこの小説の題名が『深い河』でなく『河』のままであったら、今日のように広く読まれたかどうか分かりません。題名が違っても文章が同じなら、大して違いはないのではないかというかもしれませんが、必ずしもそうとはいえません。小説において題名は、作品全体を象徴する言葉、ある意味では、ひと言で描き出された詩なのです。

人間という「河」

『沈黙』は当初『日向《ひなた》の匂い』という書名で世に送り出されるはずでした。それが急遽《きゅうきょ》『沈黙』になったのです。ここにも同じことがいえます。遠藤周作は、必ずしも題名をつけるのが得意な作家ではありません。しかし、代表作において彼は、あたかも何かに守られているかのような道程をたどり、行き着くべきところに逢着《ほうちゃく》します。

先に引いた日記にあった「作品中にこの霊歌を暗示する一節を入れたい」という遠藤の試みがどの文章なのかを確認することはできませんが、次の一節はその一つなのかもしれません。作品の終わり近く、美津子が「河」を発見したと何ものかに語りかける場面です。

「でもわたくしは、人間の河のあることを知ったわ。その河の流れる向うに何があるか、まだ知らないけど。でもやっと過去の多くの過ちを通して、自分が何を欲しかったのか、少しだけわかったような気もする」

彼女は五本の指を強く握りしめて、火葬場のほうに大津の姿を探した。

「信じられるのは、それぞれの人が、それぞれの辛さを背負って、深い河で祈っているこの光景です」と、美津子の心の口調はいつの間にか祈りの調子に変っている。

「その人たちを包んで、河が流れていることです。人間の河。人間の深い河の悲しみ。そのなかにわたくしもまじっています」

彼女はこの真似事の祈りを、誰にむけているのかわからなかった。それは大津が追いかけている玉ねぎにたいしてかもしれなかった。いや、玉ねぎなどと限定しない何か大きな永遠のものかもしれなかった。（『深い河』講談社文庫 新装版360−361頁）

「玉ねぎ」という言葉が出てきました。これは『深い河』における神であるイエスの隠喩《いんゆ》です。神であるイエスを「玉ねぎ」（「タマネギ」）と呼んだのは『深い河』が最初ではありません。『私にとって神とは』（一九八三年）ですでにこの表現は用いられています。

神父である大津は、「神」という表現をあまり用いない。この言葉は神そのものの姿を見えなくすると考えている。それは遠藤の強い実感でもありました。「玉ねぎ」とは何かをめぐっては、のちの章で改めて考えてみたいと思います。

美津子がいう「人間の河」の発見とは、ひとりひとりの内なる世界には「河」が流れているということ、そして、人という存在もまた、「河」のようにどこかへ流れゆく存在だということなのでしょう。

さらに遠藤はここで「人間の河。人間の深い河の悲しみ。そのなかにわたくしもまじっています」と美津子に語らせています。人の内なる河とは、その人が人知れずうめくとき、その胸を流れる見えない涙でもあるように思われます。

のちにふれますが、『深い河』を貫くのは二つの霊性です。苦しみの霊性と悲しみの霊性。しかし、苦しみは悲しみと一つになり、悲しみは愛《かな》しみへと姿を変じていく。

人の心を「河」が流れているように、物語のなかにも「河」が流れています。悲しみが愛へと変容する、というのがこの物語の「流れ」なのです。

「深い河」というときの「深み」は、計測可能な量的なものではありません。どこまでも質的なものです。量的なものにはいつも代替物があります。しかし、質的なものはつねに、世にただ一つのものなのです。それは、私たちの人生の「深み」です。『深い河』を読むとは、私たち自身の内に、自らの「深い河」を見いだしていくことにほかなりません。

インドへ

一九九〇年二月、遠藤は、この作品のために実際にインドを旅しています。これが遠藤にとって四度目の渡印になりました。『深い河』では、インドがとても重要な役割を担います。同時代のインドという国だけではありません。その歴史、文化が決定的な意味を持っています。

インドが宗教の国であることはよく知られています。インドではあたかも、幾つもの宗教という「河」が、大きな霊性という「海」に注ぎ込むように併存しています。『深い河』の作中人物も、そうしたインドのありようと共鳴するかのように、それぞれの人生の問いを背負いながらインドへと集まってきます。自らの意志で、というよりも名状しがたいはたらきに導かれるように赴くことになるのです。

ある日、インド行のツアーの説明会で、磯辺は偶然、病院で妻の付き添いをしていた美津子と遭遇します。

「成瀬さんじゃありませんか」

「はい」

「お忘れですか。妻が病院で看病して頂いた磯辺です」

記憶の底から、あの辛抱づよい末期癌の女性と毎日のように病室を訪れていたこの夫が浮かびあがった。

「あの節は、色々とお世話になりました。しかし、こんな場所でふたたびお目にかかるとは思いもしませんでした」

磯辺は成瀬美津子のなかに妻の思い出を探るような眼つきをしたので、その視線が美津子には重かった。

「印度は御一緒のようですから、宜しくお願いします。偶然ですわね」（同48-49頁）

「その視線が美津子には重かった」、この短い一節を読むだけで、美津子という人がある特別な感性の持主であることが分かります。

目は口ほどに物を言う、ということわざがあるように誰しも、視線から何かを感じることはある。しかし、美津子の感性はより鋭く、確かです。そして、彼女はそこに相手の弱さを感じとる。洞察力といったものとは違う、もうひとつの直感がとてもよく働く人なのです。

彼女は視線だけでなく、「匂い」からも、人には感じられない何かを認識する。美津子は言葉ではなく、コトバの人です。しかし、美津子自身はそのことの意味がよく分かっていません。だからこそ、彼女は対話する相手に自分が感じている以上のことを告げることがある。「生れかわる」、そういった妻がどこにいるのか。この問題をめぐっても、決定的なことを磯辺に告げるのは美津子なのです。

ただ、その直感がうまく働かない場面があります。それは自分自身のことです。彼女は自分のことになると、まるで道が見えなくなる。人生に迷う。それが美津子の日常でした。彼女はどうにかして、人生の迷路から抜け出したい一心でインドに行こうとしているのです。

さまざまな偶然

ツアーの説明会で磯辺と美津子が出会う。これは偶然です。二人が出会わなくてはならない必然性はどこにもありません。必然性はないが、そこに意味があるかもしれない、というのが『深い河』の世界です。

「偶」という文字には「たまたま」という意味もあります。しかしそれだけではありません。配偶者という言葉もあるように、二つのものが一つになるという意味もあります。また、「偶」の人偏《にんべん》を之繞《しんにょう》にすると「遇」になる。出遇《であ》いというときの「遇」です。文字はそれまで人間が経験してきたことの貯蔵庫です。「偶」は、この世には出会いをめぐる見えない理《ことわり》があることを教えてくれているようです。

偶然は、遠藤周作の文学を読み解く鍵語の一つです。偶然とは何かをめぐって考えを深めることは、遠藤の文学的世界観の核心にふれる道程でもあるのです。

『深い河』の執筆以前に遠藤は、『ピアノ協奏曲二十一番』と『その夜のコニャック』という短編小説集を世に送りだしています。この二冊に収められた小説の多くは、因果律を超えた偶然の出来事が主題になっています。幕末から明治、そして戦前の長崎を描いた『女の一生』は、偶然という見えないはたらきこそが、真の主人公だといいたくなる作品です。そこでは最初、偶然の姿をして顕われた出来事が、いつしか運命に変わっていくのです。遠藤の作品には偶然の詩学と呼ぶべき理が存在しています。

私たちの日常でも偶然はさまざまな場面で起こっています。見方によっては、人間の生活は偶然のなかにあるといってもよいくらいです。しかし、偶然には幾つかの性質がある。偶然とは何か、哲学者の九鬼周造《くきしゅうぞう》（一八八八～一九四二）は、「偶然と運命」と題する講演で次のように語っています。

偶然ということには三つの性質があるように思われるのであります。第一に何かあることもないこともできるようなものが偶然であります。第二に何かと何かとが遇《あ》うことが偶然であります。第三に何か稀《ま》れにしかないことが偶然であります。（『九鬼周造随筆集』）

遠藤周作の文学と九鬼周造は関係がないのではないかと思うかもしれません。確かに私も、遠藤が九鬼にふれた作品を知りません。しかし、時代も分野も異にする二人は、偶然とは何かを考えたという点において、文学と哲学という分野の差を超えて結びつくのです。それだけではありません。のちにふれますが九鬼周造は、近代日本の精神地図の上でも、遠藤周作とじつに近い場所にいるのです。

九鬼周造がいう偶然の三つの性質は、次のようにまとめられると思います。

①見過ごしても構わない偶然

②何ものかと何ものかが出遇う偶然
③稀《まれ》なる出来事としての偶然

私たちは日々、最初の偶然の前を通り過ぎていく。通過したことすら意識しないかもしれません。

二番目が、磯辺と美津子に起こった偶然です。ここには人と言葉、人と場所との邂逅も含まれます。

三番目の偶然を経験した場合、人はそれを胸に刻みます。むしろ、刻まざるを得なくなる。そして、ある場合は、その出来事に「運命」という呼び名を与えることさえある。同じ一文で九鬼は偶然と運命との関係をめぐってこう述べています。

> 運命ということは偶然ということとさえわかっていればすぐにわかることなのであります。偶然な事柄であってそれが人間の生存にとって非常に大きい意味をもっている場合に運命というのであります。

偶然に過ぎない、そう感じたことが、後になってみたら運命だった。そうした経験をした人はけっして少なくないのではないでしょうか。九鬼周造は別な偶然論では偶然を次のように述べています。

> 偶然性ということは必然性の否定を意味している。必然性とは自己のうちに存在の理由を有し、与えられた自己が与えられたままの自己を保持することである。（「偶然性の基礎的性格の一考察」『九鬼周造全集第二巻』、原文は旧字旧かな。以下、九鬼全集からの引用は同じ）

偶然は必然を否定する。必然とはどこまでも自己に留まることだが、偶然はその枠を超えた場所に人間を導く、というのです。これはまさに『深い河』における偶然です。

旅行会社の説明会で顔を合わせたとき、磯辺と美津子は、そこに大きな意味を感じませんでした。しかし、インドから帰った二人は、あのときの偶然が運命だったことを疑わないと思います。磯辺と美津子のあいだに特別なことが起こったのではありません。二人の人生を包み込むようなかたちで、運命が動き始めるのです。

『深い河』の中盤に、磯辺と美津子の偶然の出会いが運命の出来事に変じるのを予感させるような一節があります。

「しかし、印度であなたと再びお目にかかれるとは、あいつが病気の頃は、夢にも思っていなかった。本当に人生、わからぬ事が多い」

磯辺の言葉には実感があった。人生には予想もつかぬこと、わからぬことがあるのだ。自分だってなぜ、印度に来る気になったのか、確実にはわかっていない。彼女は時々、人生は自分の意思ではなく、眼にはみえぬ何かの力で動かされているような気さえする。（講談社文庫 新装版189頁）

二人は人間の意思を超えた、不可視なある力によって突き動かされるのをはっきりと感じています。しかし、それが何であるのかは分からない。これからどこへ行き、何が起こるのかも知らない。ただ、大きな謎のなかにありながら、生活ではなく、人生の次元で何か重要なことが起きるであろうことをどこかで感じているのです。

摂理の哲学

「人間の生存にとって非常に大きい意味をもっている」偶然、それを運命と呼ぶ、と九鬼周造は書いていました。運命とは、ある種の偶然の異名だというのです。すなわち、彼の偶然論は、運命論でもありました。

運命とは、何ものかのちからで運ばれてきた「命」のことです。ここでの「命」とは天命にほかなりません。天命は儒学の言葉ですが、そこには運命も含意されています。

キリスト教では「運命」という言葉をあまり用いません。それを「摂理《せつり》」あるいは「神《しん》慮《りょ》」と呼びます。「摂理」と「神慮」はあまり似ていませんが、英語ではprovidenceという言葉になります。神の配剤、神の導きといった意味です。

九鬼は、偶然を論じるとき、摂理という宗教的術語を用いません。しかし、「形而上的絶対者」――キリスト教における「神」――と偶然をめぐる考察は一度ならず行っています。九鬼は、絶対者とは偶然なき存在である、というアリストテレスの言葉を引きつつ、今一歩、思索を深めようとします。

> 要するに絶対者は空虚なる抽象的全体でなく充実せる具体的全体である限り、単なる

必然者でもなく、単なる偶然者でもなく、必然と偶然との相関に於て意味を有する「必然―偶然者」である。（「偶然性の問題」『九鬼周造全集第二巻』）

絶対者が空疎なものでなく、確かなものであるなら、それは単なる必然でも偶然でもなく「必然―偶然者」と表現するほかないものとなる。超越者は必然と偶然のあわいに立つ。必然も偶然も超えたところに存在する者こそ、真の超越者である、というのです。

この一節を見ただけで、九鬼周造の偶然論は摂理とは何かをめぐる探究でもあったことが分かります。ただ、彼にとって哲学は、キリスト者以外の人にとっての真理でなくてはならなかった。彼はすべてを摂理という言葉に還元するようなことはしません。そうした彼の哲学的誠実がよく感じられる一節があります。

偶然などというものはなく、すべては神霊の意によってもたらされたのであると信ずる原始人の心理と、偶然などというものはなく、すべては自然によって決定されたのであると信ずる自然科学的決定論者の心理とは不思議な類似を示している。（中略）素朴的独断論という点に於て軌を一にしている。（『人間と実存』）

すべてを神意に帰する、あるいはすべてを科学的合理性によって説明する。この二者には何らかのかたちでその原因を特定せずにはいられないという焦燥《しょうそう》と不安感がある。その点において、さらにいえば真理の探究を諦めているという点において、別なものではない、というのでしょう。九鬼が探究していたのは、容易に説明しがたい偶然でした。そして彼は、磯辺や美津子が感じていたように、偶然は私たちの生活ばかりでなく、人生に深く影響することを理解しているのです。

九鬼周造の哲学において偶然論と並んで重要なのは時間論です。むしろ、この二者に西洋哲学だけでなく、東洋的叡知《えいち》を加味し、一つの地平で考えたところに九鬼の独創があります。これまでの偶然論に、時間をめぐる次の一節を重ねるとき、予期しない射程が開けてきます。

> 文学は〔過去・現在・未来という〕時間の重層性によって生命ないし精神を形式内容の両面に亙《わた》って全的に表現し、従って人間のいのちとたましいを有《あ》りの儘《まま》に示す最も深い人間的な芸術であるということができるのである。（「文学の形而上学」『九鬼周造全

集第四巻』、〔 〕は引用者注）

意味ある偶然とは、過去・現在・未来が一つになったところで起こる出来事でした。この説明しがたい出来事を「人間のいのちとたましい」との関係のなかでもっとも深く探究できるのは哲学よりも文学である、そう九鬼は考えている。むしろ、それが彼のたどり着いた場所だったのです。この論考が世に送られた翌年に彼は亡くなっています。

九鬼周造は、日本精神史に名を刻む哲学者ですが、それだけではありません。随想と詩においても秀でていました。そして、先の言葉が、『深い河』の核心に触れる言葉でもあることが示しているように、優れた批評家でもありました。

もちろん、九鬼は遠藤の存在を知りません。しかし、こうした九鬼の言葉と強く呼応する「人間のいのちとたましいを有《あ》りの儘《まま》に示す」作品を最晩年の遠藤が書いているということは単なる偶然ではなく、「意味ある偶然」のように感じられます。

『深い河』における「必然―偶然」的な出来事、すなわち摂理もまた、人々の過去・現在・未来を包み込みながら生起《せいき》しているのです。仏教ではこの三つの時間が一つになる地平を「三世《さんぜ》」という言葉で表現しました。仏はつねに三世にはたらきかけるのです。

この物語においても同質のことが起こっています。それぞれの過去、そして誰にも容易に語り得ず、自分で抱きしめるほかなかった秘密に一条の光が差し込み、過去と現在と未来がともに変容するようにして、それぞれの人生の道が照らし出されるのです。

九鬼周造と岩下壮一

論じられることはあまり多くないのですが、九鬼は、若い日に洗礼を受けています。そして、九鬼がもっとも信頼した友の一人に岩下壮一《そういち》（一八八九～一九四〇）という人物がいます。九鬼は「岩下君ならば安心してすべてを任せると思った」と書いています。二人の友情は生涯を貫きました。一九四〇年に岩下が急死、九鬼はその死を強く悼《いた》む「岩下壮一君の思出」を書いたあとの一九四一年、岩下のあとを追うように亡くなっています。

岩下壮一は、近代日本のカトリック史が書かれるとき、最重要の役割を担うカトリックの司祭であり神学者です。この国の神学は、岩下によって切り拓かれたといってよい。そして、岩下は同時に独創的な思想を宿した哲学者でもありました。

岩下の弟子に哲学者の吉満義彦《よしみつよしひこ》（一九〇四～一九四五）がいます。この人物こそ、遠藤周作の師です。吉満が遠藤に堀辰雄《たつお》（一九〇四～一九五三）を紹介したことが、遠藤が文学に足を踏み出す重大な契機になりました。若き日の遠藤の文章の随所に、吉満の影響を見ることができます。遠藤は岩下の直結の血脈を継いでいるのです。

一九一九年、岩下は、哲学教師になるためにヨーロッパに留学しますが、同二五年に帰国したときには神父になっていました。ここにも運命と呼ぶほかないものを感じます。司祭服を着た岩下にあったとき、「どうしてか胸が一ぱいになった」と九鬼は書いています。このとき九鬼は、自分にもあり得た生涯を岩下の姿に見たのかもしれません。

また九鬼は、岩下の導きによってアッシジのフランチェスコの『小さき花』やリジューのテレジアの『自叙伝』を読んだようです。

別のところで九鬼は「あまりに複雑になり過ぎた現代の我々は茶色の僧衣に縄の帯をしめてある朝の一ときをアッシジの鐘の音に聴き入ってもいいのである」と書き、こう続けています。

> 私には『小さき花』に絡んで魂のどこからともなく浮んでくる聯想がある。それは卓抜な学才をもちながらカトリック司祭になって富士の裾野ちかくの癩病院の経営に身を捧げている私の同窓の旧友と花のような容姿を惜しげもなく捨てて聖心会の修道女

になって黒衣に銀の十字架を下げている彼の妹とのことである。こういう清純な記憶が私の頭の片隅か心臓の底のどこかに消えないで残っているのは、私にとって限りもない幸福である。（「書斎漫筆」『九鬼周造随筆集』）

一九四〇年、岩下壮一は、五十一歳で亡くなります。彼は晩年の十年間をハンセン病療養施設神山復生病院の院長をつとめました。当時はまだ、ハンセン病の治療法が確立されていない時代でした。岩下はそこで、筆舌につくしがたい苦痛を生きる人間を目撃します。そこでの経験は、彼の哲学の根底を揺るがすものでした。

癩菌は用捨《ようしゃ》なくあの聖い霊を宿す肉体を蚕食《さんしょく》してゆく。「顔でもさすって慰める外に仕方ありません」と物馴《な》れた看護婦は悟り顔に云った。そしてそれが最も現実に即した真理であった。

私はその晩、プラトンもアリストテレスもカントもヘーゲルも皆、ストーブの中へ叩き込んで焼いてしまいたかった。（「ある患者の死」『信仰の遺産』）

別な一文で彼は、「呻吟こそは最も深き哲学を要求する叫び」（ジャック・マリタン『近代思想の先駆者』の訳者序文）であるとも述べています。うめきの声にこそ、真に哲学の源泉がある。それが神山復生病院で培われた岩下壮一の哲学的研鑽《けんさん》だったのです。

遠藤周作に至る霊性が、こうした市井の人々のうめきに始まっていることを見過ごすことはできません。『沈黙』や『女の一生』にはそうした声にならないうめきこそ、もっとも真摯《しんし》な祈りであることが描かれています。

人生の出来事

一九四三年、大学生だった遠藤は、仲間たちとともに神山復生病院を訪れています。このときのことを彼は『死海のほとり』で描いています。

この小説の主人公の「私」は遠藤の生涯を色濃く映した人物です。彼と仲間たちは、病院で暮らす人と野球をすることになります。それは岩下の時代から行われていました。このとき、彼の人生にふれる「事件」が起こります。

試合が進み、「私」の打順になる。思い切りバットを振ると長打になった。一塁を駆け抜け、二塁に向かおうとしたとき、ボールを受け取った相手チームの人が追いかけてきます。「私」は一・二塁間ではさまれました。そして、ボールを持った手が「私」の体にふれるかもしれないと思った瞬間、「私」は足がすくんで動けなくなるのです。

そのとき、ボールを持った男はこう言います。

> 「おいきなさい……触れませんから……」
> しずかにその患者は小声で言った。
> 「おいきなさい、触れませんから」（新潮文庫35頁）

「私」がこのことを思い出したのは、二十数年ぶりのことだった、と小説には記されてあります。そのとき彼は同時に、病を背負う人のところに自ら出向いただけでなく、その病を癒したイエスのことを考えるのです。

先の野球にまつわる出来事は事実ですが、このことを遠藤が、およそ四半世紀のあいだ忘却していたことはありません。むしろ、たびたび思い返したであろうことは、この作品の筆致から響き渡ってきます。

今では完治し、日本では発症すらしないといわれているハンセン病も、戦前までは不治の病として恐れられ、不条理な差別を生んできました。

遠藤が訪れた当時、すでにハンセン病は感染しにくい病であることが分かっていました。しかし、そうした認識と彼の行動は別の反応をした。遠藤は、そうした自分を許すことができない。そのことは遠藤に『わたしが・棄てた・女』を書かせます。そうして、若き日に宿った人生の問いは、『深い河』に至るまで、彼のなかで燃え続けたのです。この作品ではハンセン病を生きる人たちを前にしたときの光景が次のように描かれています。


　ガート近くの路には今日も子供のほかに指をすべて失ったハンセン氏病の病人たちが並んで物乞いをしていた。指のないその手や、よごれ切った布で崩れた皮膚をかくしている男女が沼田と美津子に呻き泣くような声をだした。

「同じ人間だ」たまりかねて沼田が泣きそうな声を出した。「この人たちも……同じ人間だ」

　美津子は返事をしたくなかった。だからと言って観光客のわたしたちに何をしてやれるのだ、という声が心の奥できこえる。三條や沼田のような安っぽい同情は美津子をいらいらとさせる。愛のまねごとはもう欲しくなかった。本当の愛だけがほしかっ

た。（『深い河』講談社文庫 新装版272－273頁）

ここに描かれているのはインドの日常です。私も五、六回行きましたが、美津子が感じたように「愛のまねごと」が一切通用しない場所でもあります。

しかし、この国からマザー・テレサが生まれたこともまた事実です。『深い河』にマザー・テレサ自身が描かれることはありません。しかし、本人を描く以上の臨在感をもって、作品中に彼女の霊性の風が貫きます。

『深い河』には三條というカメラマンが登場します（沼田については第6章でふれます）。この男は、人の目を惹《ひ》くためであればルールを破ってもかまわないと考えている。あるとき三條は「黄色い泡を口からふいて壁に上半身をあずけている老婆」にレンズを向け、幾度もシャッターを切る。彼にとって老婆は一つの「いのち」ではなく、被写体だったのです。

すると突然、あたりにいた群衆のなかから忽然《こつぜん》と「担架を持った二人の男をつれて、ねずみ色の尼僧服をきた白人と印度人の若い修道女」たちが現われる。ヒンディー語で老婆に何かを声掛け、彼女の顔をぬれたガーゼで拭く。

「マザー・テレサの尼さんたちですよ」

と江波が日本人たちに説明した。

「御存知でしょう。この町に『死を待つ人の家』を作った修道女たちです。彼女たちはカルカッタでああして行き倒れの男女を探しては、臨終まで世話するんです」

「意味ないな」と三條が嘲った。「そんなことぐらいで、印度に貧しい連中や物乞いはなくならないもの。むなしく滑稽にみえますよ」（同368頁）

マザー・テレサとその修道会の人びとはインドの路上で亡くなる人に寄り添う活動をしていました。一九九七年にマザーは亡くなり、今はその霊性を継承した人たちによって活動が続いています。

彼女たちはその日のうちに亡くなる人であっても、そのそばにいて、手を握ります。手を握ることはそのまま、その人の「いのちとたましい」にふれることだったのです。

手のちから

「手を握る」ことをめぐって、遠藤は一度ならず文章を書いています。

あるとき遠藤は、看護師との会話で、どんなに投薬しても痛みに耐えられない患者がいるときは、手を握るという話を聞く。その気持ちは分かるが、その効用は疑わしいと遠藤は思う。

しかし、遠藤は自分が入院し、激痛を経験しなければならなかったとき、看護師の言葉の真意を理解することになるのです。

私が痛くて思わず手をぐっと握ると、相手もぐっと握るんです。すると変なもんで、この人はおれの痛みをわかってくれるんだと思うとね、痛みがおさまるんです。心理的に鎮まるんです。痛い、痛いよう、と思っていたのが、だんだんおさまっていく感じなんです。

その後良くなってから私は考えて、どんな痛みでも苦しみでも、そこに孤独感が含まれているんだとわかりました。（『死について考える』光文社文庫93頁）

痛みも苦しみも孤独という淵から湧き出る、と遠藤はいう。孤独というよりも孤立といった方がよいのかもしれません。人は孤独を選び取ることがあります。しかし、孤立は強いられた「一人ぼっち」の状況です。マザー・テレサがインドで戦っていたのも、孤独というよりも孤立からの苦しみだったのです。

> 私が思うのに、この世で一番大きな苦しみは一人ぼっちで、誰からも必要とされず、愛されていない人々の苦しみです。
> また、温かい真の人間同士のつながりとはどういうものかも忘れてしまい、家族や友人を持たないが故に愛されることの意味さえ忘れてしまった人の苦しみであって、これはこの世で最大の苦しみと言えるでしょう。（『マザー・テレサ　愛と祈りのことば』渡辺和子訳）

人は、誰かとつながるところに愛を感じる。愛を失うことほど耐え難い苦しみはない、というのです。ここでマザーが苦しみというのは、九鬼周造がいう「たましい」の苦しみにほかならないのです。

第4章 信仰について

「探す」ということ

前章に美津子が「本当の愛」を探している、という一節を引きました。その言葉は、作品の後半に差し掛かったところにあります。このとき彼女は旅の目的を自覚している。人生は旅です。あの告白とも祈りともいえるような言葉は、旅の目的の自覚と共に起こるのかもしれません。

しかし、インドに渡る前、彼女の心境はまるで異なるものでした。何を探しているのかも、何に出会いたいと思っているのかも分からなかったのです。

> 彼女は印度で何を見たいか、本当は自分でもわからなかった。ひょっとしたら善と悪や残酷さや愛の混在した女神たちの像を自分と重ね合わせたいのかもしれなかった。いや、それだけではなく、もうひとつ、彼女には探したいものがあった。（『深い河』講談社文庫 新装版49頁）

探さねばならない何かがあると感じている。それは自分のなかに埋めがたい虚《むな》しさを認めていることにほかなりません。しかし、何がそれを埋めてくれるのかは分からない。また、このときの美津子は、何か大切なものとの「つながり」を見失っていることに気がついていない。

近い現象は私たちの日常で経験されます。生きがいのようなものを探したいと思う。しかし、生きがいとは何かが分からないことがあります。しかし、それを探さずにはいられない。

そのときに、目の前にあるというだけの理由で、あるものに置き換えてしまうと、本当に探さなければいけないものに出会えない場合もある。真の幸福を探しているのに、巨万の富を手に入れてもそれは実現されないことがある。難しい問題ではありません。この人は幸福を探して、お金を手にしたのです。そこに幸福がないのはある意味、自然なことかもしれません。

十三世紀後半から十四世紀初頭のドイツで活躍した、カトリックの司祭であり神秘家エックハルトは「探す」という営みをめぐってこう語っています。

> 無を捜《さが》す者は、無を見出すのである、そのことをだれに文句を言うことができようかと。彼は捜していたものを見つけたにすぎないのである。（『エックハルト説教集』田島

照久編訳）

何を探しているのかを深く考えながら、自分の歩みを進めていかなくてはならない。そうでないと、違ったものを手にしたとしても、それが違ったものだということがわからないまま生活をすることになる。そうエックハルトは警鐘を鳴らすのです。

もう一つの声

冒頭で引いた文章に「いや、それだけではなく、もうひとつ、彼女には探したいものがあった」という言葉がありました。この声の主はもちろん、美津子ではありません。

このとき美津子は大津がインドにいることを知っています。しかし、そのことがインド行を決意させたとは思っていません。「本当は自分でもわからなかった」とも記されてありました。

そうなると、「もうひとつ、彼女には探したいものがあった」と語ったのは誰なのか。ほかの登場人物でもありません。この小説には、一人、名前を一度も呼ばれることのない人物が存在するのです。

それを作者であるということもできます。国語の試験であれば、そういう回答でもよいかもしれません。

しかし、そう言い切れない何かが小説という形式にはある。別のいい方をすれば、作品を書くのは作家かという問いです。作家が語るのでなければ、いったい誰が語るのか。これは文学の根幹にかかわる問題です。

それはまるで、天使の声、天使の視座のようにすら感じられます。

動き出す作中人物

こうした「もう一つの声」が、作家の声だといえないように、小説を書くとは、作家が登場人物を動かすことではない、という人がいます。書くとは、登場人物が動き始める場を準備することである。そうしたことを遠藤周作も一度ならず書いています。

「執筆中の感想」(『心のふるさと』所収)というエッセイがあります。『深い河』に着手し、半年ほど経ったときに書かれました。すでに遠藤は厚い氷の壁にぶつかっていました。そこで遠藤は、「書く」とは「地図のない旅に似ている」と書いています。

最初と結末はおぼろげに見えているが、道中は全くわからない。「霧のなかを手探りで歩いていく」ようでもある。だが、あるとき霧が晴れる。それは試行錯誤を繰り返しても「頑《かたく》なに動かなかった作中人物が動きだ」すときだというのです。そう書いたあと遠藤は、偶然テレビでみたある光景にふれつつ、自らの心情を吐露しています。

> 私はテレビで凍りつめた北の海の氷塊が春の訪れとともに、やっと罅《ひび》われ、ゆっくり流れ出した場面をみて不覚にも思わず泪《なみだ》ぐんだ事がある。小説作業もこれと同じだと感じたからだ。（『心のふるさと』文春文庫201頁）

これまで私たちは、『深い河』をめぐって、冬と春との関係を考えてきました。同質のことが小説を書くという営みのなかにも起こるというのです。さらにいえば、この物語はどうしても冬から始まらなくてはならなかったのだと思います。

この作品には幾重にも「冬」が存在している。作中の季節としての冬、作中人物の内的季節としての冬、ここに作家の内的季節が加わる。そして最後にそれらをすべて包みこむように、物語の流れにおける冬があるのです。

作家がどんなに努力をしても物語は一向に動かない。そうした時節は「冬」を思わせます。しかし、その深部では見えないかたちで「春」が近づいてくる。作家がそれを実感するのは、目の前で作中人物が躍動し始めたときなのです。

ここで注目したいのは、創作における作家の意図が限定的だということです。それが存在しないのではありません。しかし、それがすべてではないのです。

春を信じる

冬のあとには春が来ることを知りながら、人はそれを信じられないことがある。「知」と「信」は、必ずしも軌《き》を一《いつ》にはしない。絶望はこうしたときに経験されます。哲学者のキルケゴールは絶望を「死に至る病」だとしましたが、同時に、人が絶望できるのは、絶望をも包み込む大きな希望があるからだと考えました。冬と春のあいだに立つ人間が肉眼だけを開けば、永遠に冬が終わらないと感じるのかもしれない。しかし、心眼と呼ばれるもう一つの眼を開くことができれば、人は厳寒の季節のなかにすべてのいのちを芽吹かせる「春」を感じることができるのかもしれない。この「春」を確かに感じること、それが遠藤にとって「信じる」ということだったのです。

「信じること」と「知ること」との次元的差異、あるいは信仰と思想の違いは、遠藤の重要な主題でした。それはどちらかを選択するという二者択一の問題ではないのです。この世界にはどうしても「知」のはたらきでは近づけないものがある。「信」のはたらきによってしか感じ得ないものがあることを、遠藤は描き続けたといってよいのです。

何かを信じようとするとき、人はそこに何かを賭けることになります。その何かとは、もちろん、自分自身なのです。遠藤にとって「書く」とは、いつも言葉を前に己れを賭すことにほかなりませんでした。

それはけっして慣れることのない営みです。わが身を賭すことはいつも新しく行われる。遠藤が小説を書き始めたのは三十一歳です。先に見たエッセイが発表されたのは一九九二年の夏、遠藤は六十九歳になっています。

世の評価も経験も十分すぎるほどにある。しかし、遠藤はそれでも作中人物が動いてくれないのではないかと深く案じているのです。ある種の不安がある。それは作者の努力だけではどうしようもないことがあることを知っているからです。強いていえば、このとき作者にできるのは、文学空間にある「余白」を生み出すことだけなのです。

余白を生む。それは文学上の問いとしてだけでなく、信仰上の問題でもあります。先にふれたエックハルトがある説教で次のように語っています。

わたしたちは聖なる福音書のうちで、わたしたちの主が神殿に入り、そこで売り買いをしていた人々を追い出して、鳩やそのたぐいのものを売っていた他の人々に向って、「このようなものはここから運び出しなさい」（ヨハネ二・一六）と語ったのを読む。なぜイエスはそこで売り買いする人々を追い出し、鳩を売る人々に鳩を片づけるよう命じたのだろうか。それはイエスが神殿を空《から》にしておきたかったからにほかならない。あたかも「私はこの神殿に対して権限をもっている。ただひとりこの内にいて、その支配権を手にしていたい」と語りたかったかのようである。このことは何を意味するのだろうか。神が力をもって思いのままに支配しようとするこの神殿とは人間の魂のことである。（前掲書）

自分の願いや意図を鎮《しず》め、魂に余白を生み、神がはたらく場所を作らねばならない。エックハルトはそう語ります。余白が生まれるとき、真の意味で出来事と呼ぶべきことが起きる、というのです。

作家の意図を超えて

作中人物が動き出すとは、その人物が作家の創意とは別な主体性をもつということです。ですから、作者が思ったように事が進むことを意味しません。作者の筆が乗り、作者の思ったように書ける、というのとも異なる現象です。

多くの人は思い通りに書けることがよいことだと思っている。しかし、そこではけっして、思いを超えたことは起こりません。言葉が生きたものにならないのです。文学とは作家の思いの彼方で起こる出来事だともいえるからです。

優れた作家とそうではない書き手の違いは、こうしたことの経験の有無にあるのかもしれません。『私の愛した小説』で遠藤は、フランスの作家フランソワ・モーリアックやドストエフスキーにふれながら、この問いを深めていきます。

日本ではあまりふれられませんが、モーリアックはカトリック、ドストエフスキーはロシア正教のキリスト者です。二人の文学から信仰を除くわけにはいきません。それは核心の問題なのです。それは遠藤周作においてもいえます。彼らと信仰を別に考えることはできるかもしれません。しかし、そこに存在するのは、生きた作家ではありません。作家の姿をした一つの文学理論にすぎません。

それは何かを信仰する者しか彼らの言葉を理解できない、ということを意味しません。それであれば彼らの作品はこれほど読まれることはなかったはずです。ただ、彼らが信仰に賭したものを無にしたとき、見失うものがあまりに大きいというだけのことです。

のちの霊性とは何かを考える章でふれたいと思いますが、特定の信仰を抱かずとも豊かに霊性を働かせている人はいます。『深い河』の主要な登場人物で特定の信仰を生きているのは大津だけです。しかし、ほとんどの人が内なる霊性の目覚めを経験し、インドに集まってきたのです。

作中人物の誕生という問題にふれ、遠藤はまず、モーリアックの言葉を引きます。「作中人物の一人が、こちらが予定した方向に従順に進む時、こちらがきめた道程通りに歩み、こちらが望む通りの行為をすると、私は不安になる。私のプランへのこの服従は、彼が本来の命を持たず……まだ煮えきらず、抽象的である証拠である」（新潮文庫16頁）。作中人物が、書き手の思ったように動いているとき、作家はかえって不安になる。それは、作中人物にまだ「いのち」が宿っていない証《あか》しでもある、というのです。

同質のことを私たちは、自分の人生で感じることがあるのではないでしょうか。事が思うように運ぶ。最初はうれしい感じもしたが、どこからか不安を感じ、違和感を覚えるようになる。真の意味の生ではなく、造られた生の匂いを感じ取るのです。そこには生の流れはなく、ある淀みを感じるといってもよいかもしれません。

それは「読む」現場でも起こり得ます。遠藤も敬愛していた小林秀雄が「大小説を読むには、人生を渡るのに大変よく似た困難がある」(「『罪と罰』についてⅡ」)と書いていますが、「読む」と「書く」は「生きる」ことと、しばしば直接的に共振します。

遠藤は、先の一節のあと、ふたたびモーリアックの言葉を引き、さらに作中人物の秘密をめぐって考えを深めていきます。

> 「私は自分の創作人物がこちらに抗《あらが》い、こちらが行わせようと決めていた行為に反抗の姿勢をとる時のみ、自分の仕事に満足を感じる」
>
> 本当に作中人物が生きてくるのは、それが作者の小説プランを破って勝手に歩きだす時だ、とモーリヤックは言う。これは後にサルトルにも批判された有名な言葉だが、別に珍しい発言ではなく、たしかドストエフスキーも「悪霊《あくりょう》」を書いた時、副人物の筈《はず》だったスタヴローギンが勝手に主人公にのしあがった事を友人に告げて、同じような事を書いていた記憶がある。(『私の愛した小説』新潮文庫16頁)

ここでは遠藤は、あいまいな記憶をたぐり寄せるように「たしか」ドストエフスキーが書簡で書いたと、書いていますが、その記憶は間違っていません。ドストエフスキーにとっても小説を書くとは、作家が物語を作ることではなく、作家を通路にしながら何かが生まれる準備をすることだったのです。矛盾して聞こえるかもしれませんが、それが彼にとって「書く」ということの秘義だったのです。

ドストエフスキーの告白

一八七〇年十月九日、ドストエフスキーはある知人――のちにドストエフスキー伝を書く批評家ストラーホフ――に宛ててこう書いています。

> こんどの小説ほど手を焼いたものはない。書き初めは、去年の末頃だが、この作品はひどく作りものの様な、不自然なものの様に思われて、僕は寧ろ自分で軽蔑していた。処がその後、真の霊感が湧いて来て、自分の仕事に惚《ほ》れ込んで了った。僕は書いたものを両手で握りしめ、今までのところを消し始めた。やがて夏になると、又突然

> 変化が起った。潑剌《はつらつ》とした新しい人物が飛び出して来たのだ。こいつが今度の本の本当の主人公になると言ってきかぬ。これ迄の主人公は（非常に興味ある人物だが、真の主人公としては不足な人物だ）退却して了った。新しい主人公はすっかり僕を感動させて、僕はもう一度全作を書き直した。（小林秀雄訳『小林秀雄全作品9』）

この一節は小林秀雄のドストエフスキー論の一つ「『悪霊』について」に引用されています。自ら翻訳していることからもうかがえるように、この手紙には小林も強く感じるところがあったのだと思います。

作品を書くドストエフスキーの姿をめぐって小林は、作中の「人物が勝手に歩き出す後を」作家が追いかけた、と書いています。こうしたことは小説だけでなく、批評でも詩においても起こり得ます。小林もまた、ドストエフスキーを論じながら、ドストエフスキーが語り始めるのを待ったのです。

内なる促し

先の手紙でドストエフスキーは「真の霊感が湧いて来」たと述べていました。こうしたことは、ある決まった方法や努力によって達成される、というよりも、訪れるものであることが分かります。ここでドストエフスキーを動かしているはたらきは、「内なる促し」といってもいいかもしれません。

ドストエフスキーは「霊感」が訪れ、しばらくして、「潑剌とした新しい人物が飛び出して来た」と書いていました。「内なる促し」が作中人物を動かすのではありません。あるはたらきは人間に余白を生むことを強く促し、そこに作中人物の誕生する場が現成するのです。

「内なる促し」という言葉はもともと、キリスト者であり、哲学者でもあった森有正《ありまさ》（一九一一～一九七六）が用いた表現です。森は遠藤と信仰をめぐる対談も残しています（『日本人はキリスト教を信じられるか』）。

森有正は「内的促し」「内面の促し」と書いています。「内的促し」とは「このままじっとしていてはいけない、なにかしなければいけない」と感じることと同時に「自分の外に出たいという」、ある種の生の衝動であり、「一人の人間が個人になるということ、その人になるということ」へと導くものであると述べています（「経験について」『思索と経験をめぐって』）。

また、別の著作（『遥かなノートル・ダム』）では、「内面の促し」によってその人は人生という「冒険に身を投ずる」。そして、この促しによってこそ人はその人生において「一身を賭する」という次元に生きることになる、というのです。

人生とは、人がその人自身になっていく現場にほかならないが、そこに人は全身全霊で参与しなくてはならない。それが森のいう「一身を賭する」ということなのでしょう。森が「冒険」と呼ぶのは、人生そのものです。ここにも人生はある種の旅であるという認識があります。

こうした「促し」を前に私たちに求められているのは、「促し」への従属ではありません。それとの対話です。それは遠藤の言葉でいえば「人生」との対話ということになるのでしょう。

「内面の促し」はあるちからを持つ。しかし、それは物理的な威力ではなく、自分という存在を深部から支えるようなはたらきでもある。こうした「促し」を感じる経験は多くの人にあるのではないでしょうか。そこにはいくつかの労苦が伴いますが、その人に内在する種子を開花させようとする「促し」です。森のいう「内面の促し」は、けっして破壊的なものではありません。

哲学的日記と呼ぶべき様式で著された森の代表作『バビロンの流れのほとりにて』には、つぶやきにも似たこんな記述があります。

> 一つの魂が本当に自分の道を発見するのは、こんなにも大変なのだろうか。（『森有正全集1』）

この言葉が『深い河』の美津子からあるいは磯辺の口からもれたとしても驚きません。二人の前に道が閉ざされていたのではありません。岐路の前で、じっと佇み、「促し」の意味を考える余裕を持たなかったのです。

信仰と疑い

自らを賭す、そうすれば疑いが一切なくなるなどということはありません。むしろ、疑いは深まるかもしれない。しかし、その状態は、何も信じ得なかったときとは異質なものです。『死について考える』で遠藤は「信仰」とは何かをめぐって次のように書いています。

キリスト教の信者になったものは、信仰の確信を持っているという誤解がありま
す。

「信仰というものは、九十九パーセントの疑いと、一パーセントの希望だ」と言った
のはフランスの有名なキリスト教作家ベルナノスですが、私は本当にそうだと思うん
です。疑いがあるから信仰なんです。浄土が思い描けないということが信仰がないっ
ていうことじゃないんです。宗教に何の関心もない普通の人だったら、「浄土を思い
描けないがどうしよう」などと言わないでしょう。（光文社文庫141-142頁）

この本が刊行されたのは一九八七年です。私は高校生でした。父が買い、机の上に置い
てあったのを一読し、自分のなかで大きなものが動き始めたのを覚えています。
それまで信じるとは、疑わないことだと思っていました。少なくとも疑いを減じていく
ように努力することだと思っていた。しかし、遠藤は信じることと疑うことは一つだとい
うのです。
この本で遠藤は、死を前にしたとき、人間はどう生きるのかをめぐって、さまざまな人

物や著作にふれて語るのですが、その話は自ずと信仰とは何かという問題に変わっていきます。彼にとって死と信仰は分かちがたく結びついていました。

それは遠藤周作に限ったことではないのかもしれません。この本で遠藤は、死にゆく人々に寄り添った医師エリザベス・キューブラー＝ロスにも言及していますが、キューブラー＝ロスは、現代人は老いを恐れ、それを隠し、考えないようにすることで死との関係を失ったと述べています。

同質のことは信仰にもいえます。死を遠ざけるあまり現代人は、「信じる」というはたらきとのつながりを見失っているのかもしれないのです。

体現されるコトバ

のちに神父になる大津と美津子が出会ったのは学生時代です。描かれている近隣の光景などからそれが上智大学であることが分かります。上智大学はカトリックのイエズス会という修道会によって始められた大学です。遠藤は一九四一年から一年に満たない期間、ここに在籍していました。そして、先にふれた吉満義彦は、この大学の教授でもありました。

ある日、美津子は大津に「あなた、信者？」と怪訝《けげん》そうに話しかけます。

> 「ええ、家庭がそうですから、子供の時からです」
> 「本心から信じていらっしゃるの」
> 不意に彼女は今まで考えもしなかった質問を口にした。この大学に入りながら美津子はそんなものを信じようとは思わなかったし、そういう話が嫌いだった。（『深い河』講談社文庫 新装版58頁）

大津は、遠藤がそうだったように幼児洗礼を受けています。そして、信仰は彼の人生だけでなく、生活の中心でもあった。しかし、美津子は信仰というものにどこか嫌悪を感じている。

「嫌い」という感情は、けっして単純ではありません。私たちは生理的に受けつけないものに嫌悪感を覚えます。しかし、そのいっぽうで、どこか惹かれるが、その理由の分からないものを「嫌い」だと感じることがあります。美津子の場合も同じで、彼女が本当の意味で信仰に嫌悪感を抱いているのであれば、大津の存在が彼女の視界に入ることはなかったはずです。

このときの美津子に起こった嫌悪感は、ある種の焦燥と「おそれ」に結びついていました。恐怖の対象に感じる「恐れ」と畏怖《いふ》するべき存在に感じるべき「畏れ」、美津子はこのとき「恐れ」と「畏れ」を感じ分けることができません。こうしたとき人は「恐れ」の方に傾斜することが少なくありません。そこに対立が生まれるのです。

「恐れ」と「畏れ」

二つの「おそれ」を感じ分けること、遠藤はその意味をこう述べています。

> 「恐れ」と「畏れ」とは根本的にちがう。「恐れる」のは人間の恐怖が底にあるが、「畏れる」のは相手にたいする尊敬が根底にある。(「我々を包み、我々を生かす存在」『生き上手　死に上手』文春文庫43頁)

恐怖と敬意はまるで違うものです。この文章で遠藤は、自らの戦時中の経験にふれ、恐怖と敬意が交錯し、かつて「畏怖」したものの失墜を経験した日本人は、いつしか「畏れ」の感覚をかつてのようにはたらせることができなくなった、と述べています。同じ文章の終わりに遠藤はこう書き添えています。

私をして言わしむれば、神は恐れの対象ではないのだ。我々を包み、我々を生かす大きな命として畏敬すべきものなのだ。恐れと畏れとは断じてちがうのである。（同43頁）

自らにとっての信仰は、「畏れ」の営みであって、「恐れ」につながるものではない。彼にとって「神」、すなわちイエスは、恐れるべき存在ではなく、畏れの心情と共に向かい合う相手である、というのです。

信仰に嫌悪を感じる美津子は、すでに自我には目覚めています。自分と他人とをはっきり感じ分ける力を宿している。しかし、自我の奥にある「自己」とのつながりを確かめられない。さらにいえば「自己」と呼ぶべきものの存在を感じ切れていないのです。「一つの魂が本当に自分の道を発見するのは、こんなにも大変なのだろうか」という森有正の告白は、美津子にも無自覚なかたちで宿っていた。そして、彼女にとって内なる謎である

「自己」は、このときはまだ、「畏れ」というより「恐れ」の対象だったのです。

嫌悪の彼方

嫌悪だけでなく、ある種の軽蔑さえ感じながらも美津子は大津とのつながりを切ることができない。作品では、誰の声なのか、その状況を次のように語られています。

> だがそんな大津になぜ関りを持ったのか、美津子は今でさえも不思議でならない。強いていえば最初は彼をではなく、彼の信じている神をからかいたいという、いささか子供っぽい気持からすべては出発したのだ。（『深い河』講談社文庫 新装版58頁）

神に反発を覚えるということはある。しかし、「神をからかう」というのは異質な行為です。「神らしきもの」を感じていれば、それに反発を覚えることはできる。むしろ、そこにある種の虚偽を感じるから反発することもある。しかし、「からかう」となると「神らしきもの」を前にしているだけでは難しい。何らかのかたちで神を感じていなくてはならない。

実は、美津子はとても近いところに神を感じている。でも、その神を受け容れられない。彼女は大津にも似た感情を抱いています。作中では「嫌いと言った時、美津子の気持は半分本当で、半分は嘘だった」と記されたあと、こう続きます。

まだかすかだが、大津が普通の学生たちとはちがった生き方をしている男だという気持と共に、そういう男にあり勝ちな、偽善的な匂いを同時に感じて「嫌い」と言ってしまった。（同60頁）

人は思っていることを口にするとは限らない。逆のことを言うことも少なくない。しかし、そのいっぽうで「嫌い」と言った声を一番よく聞いているのは自分だという現実もあるのです。美津子は、ほかの誰でもない、自分の発した言葉によって迷路に入っていきます。

後になって見れば、はっきりと分かることですが、私たちの人生には「嫌い」という感情が扉になって、何かが始まることがあります。それがどこから来ているのかを見定めることが人生の鍵になる。

美津子は大津になぜ、信じるのか、なぜ、信じ続けられるのかと問い質す。美津子は「信」というはたらきが人間にとって必要なものであることをどこかで感じている。しかし、それを確証できない。彼女にとって大津という存在は、その難問に一応の「答え」を持っている人物のように映っていたのです。

しかし、現実は違います。大津に確固とした信仰はありません。彼は、じつは自分も自信がないと答えてしまう。習慣や惰性、あるいは亡くなった母への追慕の情かもしれない、とも言う。こうした言葉が美津子の「恐れ」に火をつけるのです。

「惰性なら、そんなのきっぱり棄てなさいよ」

「…………」

「わたくしが」と美津子は誘うように大津を見つめた。「棄てさせてあげるわ」（同66頁）

惰性なら、そんな信仰なら棄てろと美津子は告げる。それだけでなく、どうせ棄てられないんだから、私が棄てさせてあげる、とまで言う。これまで神を「からかっていた」美津子は、この時点から神に向かって挑戦することになります。しかし、それはいわば、神と四つに組むことにほかならなかったのです。

そして、神に挑むと決めた時点で、彼女と神とのあいだには信仰と呼ばれるものとは別種の、しかし、堅固な関係が結ばれます。

神との対話というよりも、神との対決といわねばならない場面を、遠藤はほかの作品でも描き出しています。

ある意味では『沈黙』がそうです。『女の一生』の第一部「キクの場合」もそうです。棄教を迫られた宣教師と神。そして、迫害されているキリシタンの若者を愛し、わが身をささげつつ、聖母マリアを通じて相手の無事を神に嘆願するキク、ここにあるのはある種の対決なのです。

人間は対決する相手に勝利しようとする。しかし、神は違います。先に「恐れ」と「畏れ」の差異をめぐって遠藤が語っていたように、神は「我々を包み、我々を生かす」のです。

しかし、このときの美津子は、そうした神との対決の理法を知りません。人間が神の手を離しても、神が人間を離さないことを知らない。彼女は大津が「ぼくが神を棄てようとしても……神はぼくを棄てないのです」（同68頁）といったことの真意をこのときは理解できないのです。

そしてある日、美津子は退屈な講義を聴きながら、神に向かって、こう話しかけるのです。

「神さま、あの人をあなたから奪ってみましょうか」（同71頁）

この言葉は美津子と神との関係がすでに分かちがたいものになっていることを暗示しています。気がつかないうちに美津子は自分の人生に神を招き入れているのです。神を感じない者が神に呼びかけることはできません。美津子はこのときまだ、神がどんな存在なのかを知らない。しかし、それを近くに感じていることは明らかです。

この無音の対話のあと、何かに導かれるように美津子は大学のなかにある「クルトル・ハイム」という聖堂に行きます。そこで彼女は「欠伸をしながら自分の祈禱台におかれた大きな聖書の一頁を拾い読みする」ことになる。そこには『旧約聖書』の預言書『イザヤ書』の次の言葉が待っていたのです。

彼は醜く、威厳もない。みじめで、みすぼらしい
人は彼を蔑み、見すてた
忌み嫌われる者のように、彼は手で顔を覆って人々に侮られる
まことに彼は我々の病を負い
我々の悲しみを担った（同72頁）

もちろん、これはイエスの到来とその生涯を預言しているとされる言葉です。美津子は、自分の意志でこのページを選んで読んだのではありません。この言葉が待っている日に彼女の方から訪れたのです。ここで遠藤が表現しようとしているのは、やはり出会いの秘義です。邂逅に秘められた意味です。

言葉とは、単に知る対象であるだけでなく、交わるべきものであり、さらにいえば、訪れ来るものであるというのでしょう。

そして「彼は醜く、威厳もない。みじめで、みすぼらしい／人は彼を蔑み、見すてた」という言葉は、美津子に棄てられ、失意のなか、神父になる道を選び、ヨーロッパにわた

り、ついにはインドに流れつくように逢着した大津の姿でもありました。

しばらく歳月を経て、美津子は離婚を経験し、大津はヨーロッパの修道会を追われるように出ることになる。もう「若い」という年齢にはいない二人がインドで再会することになります。

このとき美津子は大津がインドにいることは知っている。しかし、どこで何をしているのかなどの詳細な情報は何も持っていません。しかし、出来事はやってくるのです。


「ヒンズー教徒の死体を焼場に運ぶ手伝いをしているの。びっくりしちゃったわ」

「ぼくも驚きましたね、はじめは印度マニアの若いヒッピーかと思ったら、たんなる旅行者じゃないと言うから」

「話したんですか」

「ええ、一寸ね。もっとびっくりしたのは彼、職業は神父だというんです。基督教の神父がなぜヒンズーの恰好をしているんだと訊いたら、印度に来た以上、その土地の服装をするほうが自然だって。彼が運んできたのは金のない行き倒れの死体だそうです」

美津子は眼を三人とは別の方角にむけてしばらく沈黙した。やがて、

「その人、何という名ですか」

とかすれ声でたずねた。（同258頁）

ここで、大津が行っているのは、誰も顧みない人のそばにいるということです。彼にとってそれはイエスと共にいることにほかなりませんでした。苦しみを生きる、そのとき人は、自分でも気がつかないかたちで内なる神のはたらきを体現する。彼にとって神というのは、誰も顧みない人のそばにもいるだけではありません。自分をすら見捨てたと感じている人のそばにもいる存在なのです。

そして、ここで沈黙のうちに彼が体現しているのは、究極のところにおいて信仰は、人間と神との個別な関係の出来事になるという事実です。信仰を生きるとは、神を感じるだけでなく、神とともに生き、はたらくことであることを告げているのです。

第5章 告白について

「たましい」と告白

キリスト教の教父アウグスティヌスに『告白』という著作があります。この本はかつて『懺《ざん》悔《げ》録《ろく》』と訳されていました。しかし、そこに記されているのは自らの罪を懺悔するだけでなく、内心にあるものを神に告げ、さらには神を讃美する言葉です。そうであることから「告白」と題するようになりました。

告白には、大きく二つの種類があるように思われます。

一つ目は、自分以外の誰も知らないことを語る告白。すなわち、秘密を土壌にして生まれる告白です。このとき語る相手は、神とは限りません。私たちは内なる友に、あるいは亡き者に語りかけることもあるでしょう。

そして、二つ目は、日ごろは意識しない「わたしの真実」を語るときです。ここで語られることは秘密とは限りませんが、自分でも気がつかなかった秘密であるともいえます。それは、話すときにも起こりますが、書くときにもしばしば起こります。

アウグスティヌスの著作『告白』は二つの告白によって成り立っています。一見すると異なる営みが、告白という言葉で語られるのにも理由があります。それは何よりも告白が、深層意識の、さらに奥にある「たましい」と呼ばれる場所にある何かが顕現する出来事の呼称でもあるからです。告白においては何が語られたかよりも、どこから語られたものであるかが問われているといってもよいかもしれません。

「たましい」と「魂」

先に九鬼周造が「たましい」というひらがなの表現を用いているのを見ました。九鬼は「魂」という文字で語られているものとは少し性質の異なるものを「たましい」とひらがなで書くことによって表現しているのだと思います。

もちろん、「魂」と漢字で書くことで「たましい」を表現する人も多くいます。ただ、あえて「たましい」とひらがなで書くところには、常識的な「魂」観に対する、ある種の問いかけがある、ということは事実です。

漢字は社会的なもの、あるいは概念的なものを表現するときに用いられるのに対し、ひらがなは個的なもの、概念化しづらい何かを指す場合が多かった。漢字は公的、ひらがなは私的な経験に基づくといった方がよいかもしれません。日本古典のかな文学もそのようにして生まれました。九鬼の考えた「たましい」や「いのち」も、ある柔らかさを持ったものだったのではないかと思います。

告白とは何かを考えることは、必然的に「たましい」とは何かを考えることになる。別のいい方をすれば、「たましい」にふれることのないものであれば、それは単なる吐露であって、告白と呼ぶには値しないともいえます。また、たまたま口にしなかっただけのことを語ったとしても、告白という出来事が生起するわけではないのです。

「心の奥」に潜むもの

ここで「たましい」と呼んでいるものは『深い河』では「心の奥」と表現されることがあります。そして、この作品ではその表現が頻出します。

次に見るのは、インドで美津子が、地上ではなく、地下にある、あまり観光客が行かないある寺院に入ろうとする場面にある記述です。地下にむかって造られている寺院、それは人間の心を象徴しています。美津子はそこに足を踏み入れた途端、ある「おそれ」を感じます。

> ねっとりとした空気。うす暗い地下の内部。気味の悪い彫像が浮かびあがっている。像の気味の悪さには、人間がおのれの意識下にうごめくもの、意識下にかくれて

いるものをまともに眼にする嫌悪感があった。
すりへった石段をおりる。美津子は瞬間に自分が今から心の奥に入っていくような気がした。内視鏡で心の奥を覗くような不安と快感とがまじっている。（講談社文庫新装版231頁）

先に「恐れ」と「畏れ」が同じではないことを見ました。ここで描かれていることは、確かに「恐れ」を感じさせるものです。人には「恐れ」を感じさせるものを覗くときにある快感があります。

それならば、「心の奥」には嫌悪感を覚えさせる恐れるべきものしか存在しないのか。それは若き日から遠藤にとっての大きな問いだったのです。

人間の心に日ごろ抑圧しているものが澱《おり》のようにたまっている。それがときに症状となって表れることがある。そう考えたのは深層心理学の父であるジクムント・フロイトです。しかし、心に潜んでいるものはそれに終わらないのではないか、と問いかけた人物がいます。カール・グスタフ・ユングです。

フロイトは心を個人的に考察する傾向が強かったのに対し、ユングはその射程にも異なる考えを提示します。つまり、人間の心は、個人的なものであるだけでなく、時代、文化、あるいは人類の記憶と密接な関係があるのではないか。そこにあるのは、「恐れる」べきものだけでなく、「畏れる」べきもの、創造的なもの、宗教的な救済に近いものに至る契機すらあるのではないか。そう考えたのです。

遠藤周作が本格的にユング心理学に向き合うのは、一九八〇年代に入ってからです。しかし、問題としての心、あるいは秘密や告白という問題は、文学者としての出発の時点から、彼の胸中に宿っていたのです。むしろ、この問題こそが彼を文学者にしたといってもよいと思います。その重大な契機になったのが堀辰雄との出会いでした。そして、堀を通じてフランソワ・モーリアックの『テレーズ・デスケルー』を知ったことだったのです。この小説は主人公の女性の名前がそのまま題名になっています。テレーズという女性が主人公です。この小説の内容についてはのちにふれたいと思います。

意識の奥にあるもの

心の闇が美津子をインドへ導いた。そういうほかないほど、彼女はインドで何かの力によって闇との対話を促されます。心とは何か、魂の闇とは何か。そうした問いから離れることができません。インドのホテルで一人になったとき、その問いが押し寄せてきます。

ボランティアをしていたあの病院では、まだ患者の顔をそっと照らす看護婦の小さな懐中電灯の光ぐらいはあったが、しかしこの国の闇は、文字通り無明の闇、魂の闇である。美津子には魂の闇の一端ならわかる。情感の燃えつきた女の一人として。テレーズ・デスケルウの同類の一人として。（同194頁）

光を求めて生きてきたが、自分は生来の闇の人なのではないのか。光彩とは遠い場所、それが自分の人生なのではないか。そんな思いが彼女の胸をよぎるのです。

先の一節のように『深い河』では「テレーズ」の名前が何度も出てきます。美津子は大学の卒業論文でこの小説を取り上げた、という設定になっています。卒業論文で書いたことは、大学を出てしまえば忘れてしまうことが多いのではないでしょうか。ただ、ここで「忘れる」というのは、消えてしまうことではありません。心の片隅に追いやられることです。

美津子の場合もそうでした。彼女のなかにテレーズがよみがえってきたのは、インドに来るずっと前、さほど強く惹かれてもいないのに見合いで結婚した夫との新婚旅行でのことでした。

新婚旅行にもかかわらず、美津子は夫とは離れ、ひとりで『テレーズ・デスケルー』の舞台を訪れます。そして、ある場面が現実ではなく、作家の創作であることを発見し、小説で描かれていることもまた、現実の世界に留まらない、内なる世界にもふれる記述であることに気がつくのです。

> 美津子はテレーズを闇の森のなかに運ぶ小説中の汽車がモウリヤックの創作だと知った。そうしてみるとテレーズは現実の闇の森を通りすぎたのではなく、心の奥の闇をたどったのだ。そうだったのか。
>
> そうだったのか、と気づいて美津子は巴里に夫を残してこんな田舎にたどりついたのも、実は自分の心の闇を探るためだったと気がついた。（同96頁）

先の寺院の記述を並べてみると、作家の試みがいっそうはっきりしてきます。『深い河』という小説は、さまざまなものが重層的に描かれます。ここの「森」は、鬱蒼《うっそう》とした森林でありながら、同時に心という森です。それは「河」が描かれるとき、私たちの内なる見えない河が暗示されているのと同じです。そして何よりも、この小説における旅は、「たましい」の旅、告白の旅にほかならないのです。

告白するためには、その言葉――あるいは声にならないコトバ――を受けとめてくれる存在と出会わなくてはなりません。それは出会いを求めた旅でもあります。

人生は旅である。それは世の東西を問わずに語られることです。そしてキリスト教は殊に旅と密接な関係があります。イエスとその弟子たちの時代から『沈黙』の時代を経て今日まで、一貫しています。

イエスの旅

ナザレの街を離れ、人前で語るようになったイエスの日々を「公生涯」と表現することがあります。イエスの公生涯は旅そのものでした。十二人の男の弟子をはじめ、マグダラのマリアなどを含め、イエスは人々を旅へと導きます。旅のなかでこそ、人はさまざまなことを学ぶことをイエスは知っていました。遠藤は『イエスの生涯』でイエスの旅とはすなわち愛の学びの道だったと述べています。

エルサレムへの旅に出た一行は、為政者ヘロデ・アンティパスによって洗礼者ヨハネが処刑されたことを知り、一行はひとたびイエスの故郷であるナザレに戻ることになります。そのときのイエスの心境を遠藤はこう記しています。

イエスがこの土地を通りぬけて故郷に戻ることを考えられたのは、残暑を避けるためと身の安全のためだけではなかった。イエスはその生涯で一貫して守られたこと――人々が嫌悪する者、軽蔑する者、憎む者に自分だけは好んで近づこうとするあの愛の気持をこの旅行で弟子たちに見せたかったのである。（新潮文庫49頁）

現代に生きる私たちも旅の道にあるとき、助けを必要としている人の姿をよく見かけるのではないでしょうか。しかし、現実は違うのだろうと思います。旅にあるとき見えるものを、日ごろ見過ごしているのです。旅に生きるとき人は、自らもまた弱き者であることを思い出すのです。

旅に生きる人に休息の時はあるかもしれないが、安堵はなかなか訪れません。思わぬ出来事によって翻弄《ほんろう》され、思うままには生きられないことも少なくない。しかし、人はそうした日々のなかで己れの真の姿を知り、旅に自分を運んだ風、自分を守り続ける風を感じるようになるのかもしれません。

小説『テレーズ・デスケルー』

テレーズの人生も旅でした。彼女は夫との旅を望みましたが、夫はそれを望みません。ここでいう旅とは予定の定まっていない、自己発見の道程です。

彼女は夫ベルナールとフランスの田舎で暮らしています。夫も彼女もともに地方の名士の家に生まれました。世間的にはまったく申し分ない結婚です。

しかし、二人の生活が始まるとすぐに埋めがたい価値観の違いに気がつきます。「ベルナールは「道幅に合わせてつくられた」人間だった。彼はわだちが必要な人間だった」（遠藤周作訳「テレーズ・デスケルー」『私の愛した小説』新潮社文庫347頁）と作者は書いています。いっぽう、テレーズは、生きることによって自分の真の姿を見極めたいと願っていたのです。

型にはまった生活しか知らない、熱情というものを知らない夫との日々は、彼女にとって、自分自身でいることを諦めるのと同義でした。夫のため、家のため、地域のしきたりのためにずっと眠れる自分自身を封印する。内心にあるものを語る前に諦めてしまう。彼女には語りたいことがないのではありません。真剣に聞いてくれる人がいなかったのです。

　いつしか、怒りとも憤りとも違う、自分を見失うのではないかとある種の恐怖が彼女の心を領していきます。しかし、彼女はそのことに気がつかない。なぜなら、それは意識の領域ではなく、「心の奥」の、「たましい」で起こっていたことだからです。

　ある夏の日、出来事は起こります。以前から夫は疲れが抜けず、食事も喉を通らないくらいになることもありました。改善するために夫は医師の勧めで「ファウラー氏療法」を行い、液体のヒ素製剤を服用していました。劇薬であるヒ素は用量を厳守しなければなりませんが、その日、ベルナールはほかのことに気を取られて、コップにいつもの二倍の分量を入れてしまいます。

　テレーズはそれを見ていました。しかし、そのことを言わない。「テレーズは黙っていた。もちろん、疲れていたからである」（同291－292頁）とだけ作者は書いています。この疲れが、身体的なものではないことは明らかです。

　その夜、ベルナールは著しく体調を崩します。そうなることはテレーズには予想ができました。夫が苦しむ姿を見て彼女はこう思います。「一度だけ気持をさっぱりさせるために……彼を病気にしたのはあれだったかどうか知りたい。一度だけでいい、それで終わりにしよう」（同293頁）と。

今回は夫の過失で事故が起こった。次は、自分で夫に苦しみを与えたい、そうした衝動をテレーズは抑えることができない。

そして、彼女はその後、一度だけ、と言い聞かせていましたが「最初の行為を果したあとはおそろしいほどはっきりした気持で企てを遂行した。執拗《しつよう》に！　執拗に！」（同344頁）、過剰なヒ素を夫に与え続けたのです。

しばらくしてベルナールがふたたび健康を害《そこ》ねたことによって、事件は発覚します。テレーズは処方箋を偽造し、夫に飲ませるヒ素を含んだ製剤と、自ら命を絶つための薬剤を手元に準備していたのです。

事件が明るみに出て、テレーズは医師によって訴えられ、裁判が始まります。そこには夫の殺害が包含されていることは、関係者は誰もが分かっています。

結果的にテレーズは罪に問われることはありませんでした。訴えが取り下げられたのです。夫は、妻を断罪することよりも、体面を繕う方を選んだ。夫にとって何よりも大事だったのは、自分の評判であり、デスケルー家の安泰でした。ベルナールが守ろうとした「家」にテレーズは入っていません。これまでも入っていなかった。それだけでなく、この男は、結婚はできても、真に人間を愛することを知らないのです。

作品には「自分は家庭を破壊しなかった。だから破壊されるのは自分だろう」（同310頁）というテレーズの無音のつぶやきが記されています。

事件のあと、二人の間に生まれた幼子は別の場所に移され、ほとぼりがさめた頃、夫婦も別居することになります。そしてテレーズは、柵のない獄舎のような田舎町で一人で暮らすことを強いられるようになります。

小説の終わり近く、別離が決定的になったあと、夫はようやくテレーズに、なぜヒ素を飲ませたのかと尋ねます。しかし、テレーズは明確にそれに応えることができません。すると夫は質問を変え、本当に望んでいたことは何かとテレーズに訊くのです。するとテレーズは、堰《せき》を切ったようにこう話すのです。

「わたしが望んでいたこと？ 望んでいなかったことのほうをいうほうがやさしいわ。

わたしはただ人形のように生きたくなかったんです。身ぶりをしたり、きまりきった文句をいったり、いつもいつも一人のテレーズという女を殺してしまうようなことをしたくなかったんです。ねえ、ベルナール、わかるでしょう。わたしは本物でありたいと願ったんです。でもどうしてわたしがあなたにおはなしすることはこんなにそらぞらしくきこえるんでしょう」（同345頁）

望んでいたことよりも、望んでいなかったことを話す方が易しい。ここにテレーズの「いのち」の叫びがあるのは明らかです。「本物でありたい」とは、真に自分の「いのち」を生きたいということにほかなりません。ベルナールの妻でもなく、地方名士の娘でもなく、自分自身の生を生きてみたいというのです。

テレーズはベルナールとの結婚を否定したのではありません。テレーズの考えていた結婚は、二人で新しい生活を作ることで、ベルナールの部分になることではないのです。

作中人物の運命

先に作中人物が作家の自由にならないことがある、という問題にふれました。『テレーズ・デスケルー』という作品がまさにそうだったのです。モーリアックは、何度もテレーズを踏みとどまらせようとする。しかし、何かが、作家のおもいを強く抗う。その壁を越えることはできなかったというのです。

　彼〔モーリアック〕のはじめの小説プランでは、テレーズはやがて一人の神父によって闇《やみ》の世界から光の世界に導かれる筈だったらしい。しかしそのプランに逆らって、「作中人物の自由を持った」彼女が生き生きとしてくると、どうしても作者のプランに反抗し、罪に堕《お》ちていくだけだった、とモーリヤックは痛ましく語っている。そして実際、彼はその後もこの女性を主人公にした短篇《たんぺん》や長篇を次々と書いてみて救いの光を与えようとしたが、いずれもそれらは希望のない陰鬱《いんうつ》な色で塗りこめられた作品となってしまった。（『私の愛した小説』17頁、〔　〕は引用者）

　この作品だけでなく、続編を書いてみても結果は同じだった。小説は事実を書く場ではありませんが、遠藤のいう「真実」を顕わそうとする試みです。真実を前に、作家の意図はそこに「あるべきように」働かなくてはならない。それを逸脱すると物語自体を作家が破壊することになる、というのでしょう。

読者の役割

書き手が手をだせなければ、テレーズは救われないままなのか。そうではありません。モーリアックはその役割を読者に託すのです。この作品の冒頭には護符《ごふ》のようにして置かれた詩人ボードレールの詩の一節があります。

> 主よ、憐憫《れんびん》を垂れ給《たま》へ、願はくは心狂へる男女の群れに、憐憫を垂れさせ給へ！　おゝ造物主よ！　何故《なにゆえ》にそれらが存在し、如何《いか》にしてそれらが作られしかを、及び、如何にしてそれらが作られずしもありえしかを知り給へる、唯一人《ゆいいつにん》なる者の御眼《おんめ》にまでは、そも怪物とは存在しうるものでせうか？（三好達治訳『巴里《パリ》の憂鬱《ゆううつ》』より）

三好達治の名訳ですが、少し分かりにくいところもあるかもしれませんので、さらに意訳してみます。

「神よ、憐みを与え給え、願わくは、癒しがたい苦しみを宿した男女の群れに、憐みを与え給え。おお、創造主よ、なぜ存在し、なぜ生まれたのかを、なぜ存在せず、生まれなかったのかを知り得る、唯一の方であるあなたの眼にも、やはり怪物と呼ぶほかないものは存在するのでしょうか」

この小説を読もうと思い、ページを開くとまず、この言葉が飛び込んできます。モーリアックは、小説は書かれたときではなく、読まれたときに「いのち」を宿すことを熟知しています。彼は罪の沼からテレーズを救い出す仕事における読者の助力を真摯に願い出ているのです。それを引き受けたのが堀辰雄であり、遠藤周作だったのです。

作家が人を救うということはモーリアックも遠藤も考えていません。これまで見てきたように、作家とは創造主ではなく、読者がそうであるように物語が生まれるときに、ある役割を担う人物の一人に過ぎないのです。

個人ではできなくても仕方がない。しかし、そもそも文学という場にその力がない、ということになる。それはまったく次元の異なる問題になってきます。そこに二人の挑戦があったのです。

この本を私が初めて手にしたのは十代の終わりです。今でも鮮明に想い出すことができますが、このボードレールの言葉を読み、その先に進めなかったのです。人間の心の奥を覗きたいという好奇心はあった。しかし、自分の心そのものと向き合う準備も覚悟もなかったのです。

しかし、あのとき、読めなかったのは、とてもよい経験でした。それ以来、この小説は、手を付けていない宿題のようにいつも私の心のどこかにあったように思います。

小説に限りませんが、読み通せるということが、その作品との関係を強くするとは限りません。読むべきときに読む。そこに深い、つながりは生まれます。そのとき私たちの胸中にあるのは単なる好奇心ではなく、真摯で静かな探究心なのではないかと思います。

確か哲学者のアランだったと思いますが、どんどん読めるようなときは、あえてページを閉じた方がよい、というのはそのためでしょう。好奇心で読み進めることは可能です。しかし、読み深めることは難しいのです。

美津子の救い

モーリアックはテレーズを救い出すことができなかった。このことは遠藤にとって極めて大きな意味を持っていました。それは、文学は人を救い得るか、という問いだったからです。遠藤は『深い河』を書くことによって、この問いに向き合います。それは、闇の中を歩く美津子を光の場に導き得るか否かということにほかなりません。
ツアーの一行がインドに到着してほどなく、バスでホテルに向かう途中、暗い森を通過します。そのとき、美津子は迫りくる外界の闇によって、テレーズの心の闇を想起する。そして、もう一つの闇が、自分の心にもあることに気がつき始めるのです。

　美津子は美津子で身じろぎもせずに、窓外のあまりに濃い闇を凝視していた。闇の上に別の闇を更にもうひとつの闇を幾重にも重ねて塗りつぶしたような暗黒。仏教でいう無明の世界とはこれだと彼女は思った。今日までこんな闇を自分は見たことがあったろうか。ここからは「別の世界に今から入っていくんです」と江波は言った。そうだ。同じことを、あのテレーズ・デスケルウも呟いていた。夫を巴里において美津子が一人旅をしたランドの森の夜。心の奥の闇に旅をしたテレーズを考えながら、彼女の場合は善良な夫に毒をのませたこの女の不可解な心を探ろうとしたのだ。同じように美津子も……（講談社文庫　新装版182－183頁）

「仏教でいう無明の世界とはこれだ」と美津子は思う。彼女は、宗教を嫌いながら神の近くにいました。大津をどこかで軽蔑しながら忘れることができない。「無明《むみょう》」という言葉はここで唐突に出てくるのですが、美津子も自分の心の旅を経るなかで、いつか出会っていたこの仏教でいう「闇」と迷いを意味する一語を心の奥からたぐり寄せるように想い出したのかもしれません。

いっぽうで、遠藤周作と「無明」という言葉の関係は、彼自身が書いている文章によってたどることができます。

玉城康四郎とアラヤ識

一九八二年から遠藤は信頼できる仲間たちと「日本キリスト教芸術センター」という活動を行っていました。このセンターは遠藤の私的な試みではありませんが、彼はその活動の中心にいました。遠藤に引き付けて振り返ると、『侍』を書き終え、彼が深層意識と悪の問題に向き合い、『深い河』の執筆を始めるまでの期間、彼はここに深く参与します。

センターの誕生の経緯や来歴は、その一員でもあった山根道公氏の『遠藤周作『深い河』を読む』に詳しく記されています。活動は遠藤の没後も数年継続します。山根氏の著作によるとセンターでは八二年から九一年のあいだに百六十四回の勉強会が開催されていました。一九八三年二月、第十九回の勉強会に講師として招かれたのが仏教学者の玉城康《たまきこう》四郎《しろう》（一九一五〜一九九九）でした。

この少し前、遠藤は玉城の著作『仏教の根底にあるもの』を読み、アラヤ識《しき》（阿頼耶《アラヤ》識《しき》）の存在を知ります。

アラヤ識は仏教の唯識派が考える八層ある心の根底で、「蔵識《ぞうしき》」と呼ばれるように、そこには人のあらゆる営みの痕跡が蔵されています。もちろん、仏の光を見失った――仏の光が失われた状態ではない――である「無明」の経験もここに蓄積されていきます。

ただ、仏教のいう「識《しき》」は、心理学でいう「意識」と同じではありません。さらに広く深い射程を持つものです。仏教における「識」は、心的活動だけでなく、存在世界そのものの生起に直接的に関与すると考えられています。意識と存在が分かちがたく結びついている動的なるもの、それが「識」です。アラヤ識はそのもっとも深い場所にあるものです。単なる記憶の貯蔵庫であるだけでなく、世界を作っていく淵源でもある、そう唯識《ゆいしき》派は考えます。

ただ、「識」と心理学の「意識／無意識」をまったく異なるものであると考えるのも何か重要なものを見失う恐れがあります。今、私たちが考えている罪と密接な関係にある心のありようも、アラヤ識を探究することによって一条の光を見出すことができるのではないかと思うのです。

少なくとも遠藤はそう考えました。彼にとって重要だったのは、唯識と深層心理学の差異ではありません。罪、さらにいえば悪をも変容させる何かを、人はどこに見出すことができるのかという問いなのです。

アラヤ識と罪

キリスト教は「長く意識的な宗教として育ち、無意識と信仰の関係は今世紀になるまで黙殺するか、軽視し」てきたと遠藤は書いています。もちろん、キリスト者のなかにも無意識という言葉を用いないで、それを探究した人々はいました。しかし、そうした者たちを本流から遠ざけようとする動きがあったことは事実です。しかし、仏教は五世紀の段階ですでに綿密な意識と存在の哲学をもっていた。遠藤は、その事実に強く動かされます。その衝撃をさらにこう記しています。

仏教では、玉城先生のお言葉を拝借するならば「究極の目的である解脱《げだつ》は……我執

> の源泉たるアーラヤ識の根本転換の外はありえない」（「仏教の根底にあるもの」）である。言いかえれば、アーラヤ識、つまり無意識領域こそ我執の母胎であると共に救いの場所でもあるのだ。
>
> このような唯識思想の考えはまがりなりにも現代基督教文学に関心を持ってきた私の問題にぴたりと一致していた。（『私の愛した小説』新潮文庫38−39頁）

アラヤ識は我執《がしゅう》と苦しみの母胎でありながら同時に、救済の現場でもある。闇は罪の淵源でありながら、救いの源泉でもあるというのです。罪業《ざいごう》か救いかの二者択一ではなく、罪業はそのまま救いの土壌になる。罪業と救いは一体だといってもよいかもしれません。

キリスト教の伝統というより、テレーズを取り囲んでいた「キリスト教社会」には闇と光を峻別する傾向がある。闇は光が失われた状態だとされた。しかし、仏教は違う道を指し示している。闇こそ光の存在を証《あか》しするものだというのです。闇は光が失われた状態ではなく、隠された状態だというのです。

遠藤が鈴木大拙の言葉を引用したのを読んだ記憶はありませんが、罪と救いを考える二人には豊かな接点を幾つも見ることができます。大拙も人間の罪と救いの問題に深い熱情をもって臨みました。主著の一つ『仏教の大意』で大拙は、罪の温床である「業《ごう》」こそ、そこから解脱しようとする衝動の源泉にほかならない、というのです。

祈りは業繋《ごうけ》にいて業繋を離脱せんとするもの、霊性的なものから出て来る衝動であります。ここに業は業である、業に非《あら》ざるが故に、という即非の論理が成立するのです。

ここでの「業」を「罪」に置き換えて、意訳してみると次のようになります。

「祈りは、罪の鎖に縛られた状態からどうにかして脱け出ようとする霊性的衝動にほかならない。ここでは罪は罪でありながら、同時に罪は罪でなく、救いの契機になる。そこに即非の論理が成り立つ」

「即非の論理」とは、絶対的に矛盾するものが、そのままでありながら、矛盾を超えた何かを生む、という大拙が考えた思想というよりも境地です。

罪は罪のままでありながら、救いの契機であり、闇は闇でありながら、それゆえに光への道になる。鈴木大拙の親友でもあった西田幾多郎はそれを「絶対矛盾的自己同一」という言葉で表現しました。

ただ、ここで大拙が「祈り」という言葉を用いているのを見過ごしてはなりません。罪が罪のままで変容するには、「祈り」のはたらきがなくてはならない。真の意味で「祈り」が実現するとき、罪が罪のままでありながら救いである、という地平が拓く、というのです。

ここでの「祈り」は、人が神に何かを願うことではありません。むしろ、人間が己れの願いやさまざまな思いを鎮《しず》め、超越者の無音の声を全身で受け止めることです。

> 「本気の祈りじゃないわ。祈りの真似事よ」と彼女は自分で自分が恥ずかしくなって弁解した。「真似事の愛と同じように、真似事の祈りをやるんだわ」
>
> 視線の向う、ゆるやかに河はまがり、そこは光がきらめき、永遠そのもののようだった。（『深い河』講談社文庫 新装版360頁）

このとき美津子は「神」に何かを語りかけたのではありません。「神」の沈黙の声に耳を澄ませているのです。人の気がつかないところにも「神」はいる。むしろ、気がつかないようにこそ、と遠藤は考えている。

先に森有正の言葉にふれながら「内なる促し」にふれました。私たちに求められているのは、「神」にむかって何かを告白することだけではなく、「神」のコトバを聞くことかもしれないのです。「神」は、単に「祈れ」と私たちに呼びかけるのではなく「聞け」と心の耳に促しているのかもしれません。

堀辰雄からの宿題

吉満義彦に堀辰雄を紹介されたことによって、遠藤が、文学の道を歩む契機になった、ということは先に見ました。遠藤の最初の本格的な作品が「堀辰雄(論)覚書」であることもその事実を裏打ちしています。

晩年の遠藤が書いた「二つの問題――堀辰雄のエッセイについて」というエッセイがあります。そこで遠藤は「私個人で言えば私は小説的には堀辰雄から影響を受けていない」と書き、『風立ちぬ』も「年とった今ではついていけなくなった」、『菜穂子』も改めて読んでみると「何かうすくて頼りない。構成も弱いし、人物も生きていない」というのです。しかし、と断って遠藤は「堀辰雄の私自身に与えた宿題は認めざるをえない」と続けます。その宿題は、堀自身の作品にまつわることではなく、『菜穂子』を書く際に強く影響を受けたフランソワ・モーリアックの『テレーズ・デスケルー』にまつわるエッセイに関してである、というのです。

堀辰雄のエッセイで遠藤は「混沌として明晰に分析しがたい」人間の深層心理という問題に出会い、『テレーズ・デスケルー』が「生涯の愛読書になり宗教と無意識、無意識による罪が」自らの主題となった、とも書いています。

このエッセイを読んだとき、少し不思議な気持ちになりました。若いときに没入した人も、後年になってみるとさほど魅力を感じない、ということはあります。しかし、そのことをあえて書く必要はないかもしれません。このエッセイを一読してみると、すぐに分かるのですが、全編に遠藤のいら立ちが響きわたっているのです。

このエッセイが書かれたのは『深い河』の執筆で苦闘している時期です。テレーズに出会わなければ、こんな労苦を背負わなかったかもしれない、そう感じるいっぽうで、この問題に運ばれたからこそ、ここまで来られたという相反する感情があったのではないかと思います。堀からは、両義的な意味で「とんでもない」宿題を預かった、そんな思いから、棘《とげ》のある発言になったのかもしれません。このエッセイは、遠藤周作という作家が、モーリアックとは違った形で、堀辰雄とも闘っていた証しでもあります。

人から人へ何かが真に影響するとき、受け取った相手は、影響を与えた人を真似するのではなく、よりその人らしくなっていきます。モーリアックをあいだにした遠藤と堀もそうした関係にあったのです。それは、もっとも高次な影響のあり方だといってもよいと思うのです。

第6章　苦しみについて

魂の交流

これまでふれてこなかった『深い河』の登場人物が二人います。沼田と木口です。沼田は、幼年期を満州の大連で過ごしたという遠藤と同世代の、老年の男性です。この人物は、のちに童話作家になります。『深い河』の第四章「沼田の場合」は、この男性と動物との「魂の交流」をめぐって話が進みます。

かつてのキリスト教が、人間と動物のあいだに一線を画していたことは先に見ました。ただ、遠藤の生涯には一度ならず、人間には語り得ないことを動物に語る、ということがありました。

ここでの「語る」とは必ずしも声に出して言うことではありません。沈黙のうちにおもいを伝えようとすることを含みます。『深い河』だけでなく短編「男と九官鳥」（『哀歌』）や「犀鳥《さいちょう》」（『母なるもの』）といった作品でも動物との「魂の交流」を描き出しています。

沼田は幼い頃一緒に暮らしたクロという雑種犬と、ペットショップに押し付けられるようにして飼った熱帯に生息する犀鳥とのあいだで、いつしか無音の会話をするようになっていきます。

> 妻には、夜ふけて仕事を続けている沼田とそれを凝視している犀鳥との魂の交流を理解できる筈はなかった。沼田はどんな夫婦であっても、相互に溶解できぬ孤独のあることを結婚生活をつづけながら知った。しかし彼自身の孤独とこの鳥の孤独とは夜の静寂のなかで通じあう。（『深い河』講談社文庫 新装版129頁）

「魂の交流」には人間だけではなく、動物にも「魂」と呼ぶべきものがあるのではないかという問いが潜んでいます。

彼は動物のコトバをはっきり理解できない。でも動物は自分のおもいを受け止めてくれていると感じる。それが非科学的な言説であることを分かっていても、胸に迫る真実味を打ち消すことができません。

人に話さないこと、話せないことも動物になら話せる。そして自分のおもいが受け止められていると感じる。言葉にできる「思い」だけでなく、「憶《おも》い」や「懐《おも》い」そして「念《おも》い」まで、さまざまな「おもい」を、動物は見過ごすことがない。

沼田が――あるいは遠藤が――動物との「交流」を手放さないのは、そこでは意識というよりも「魂」が動いているのを感じるからです。単なる独り言とはまったく異なる実感が、彼らの胸から去らないからなのだと思います。

身体が痛みを感じるように、心に痛みを感じることがある。でも、ある人はこういった言葉を、ここでの「心」はじつは胸部のことであって、ストレスの身体症状に過ぎないと言うかもしれません。しかし、そう言われても、すべてを身体的現象に還元できない、そう強く感じることがあるのではないでしょうか。目には見えない「痛み」の場所、そうした打ち消しがたい不可視な実在を、遠藤は「魂」と呼んでいるのだと思います。

語れない「罪」

『深い河』第五章の主人公である木口もまた、魂とは何かを考えなくてはならない経験をしていきます。自分の人生をめぐって、あるいは友の生涯を通じて彼はこの問題に直面していきます。

木口は、先の大戦で出兵し、ビルマ（現ミャンマー）のジャングルに行きます。そこで彼は、過酷という言葉が覆いつくせないほど厳しい経験をします。大戦中、戦地で多くの人が亡くなります。しかし、それは戦闘によってではなく、むしろ、食糧難による餓死でもあったことが今日では分かっています。生還した人のなかには、亡くなった同志の肉を食することで命を長らえた人がいました。

戦地で木口は、マラリアで体調を著しく悪くしていました。足手まといになると思い、仲間に先に行くように頼みます。しかし、盟友だった塚田は彼を見捨てませんでした。しばらくして塚田は、近くの民家で手に入れた黒い塊を、死んでいた牛の肉だと言って木口に食べるようにいいます。木口は、一たび口に入れるのですが、臭いに耐え切れず吐き出してしまいます。

二人は生き延び、復員します。日本に戻ってからも二人の友情は続きました。木口は復興していく日本のなかで生活を立て直しますが、塚田はうまくいきません。酒を手放すことができないのです。

酒を手放せない理由は、木口が吐き出した肉を塚田は食べていたからでした。塚田は飲酒が原因で、ついに体を壊し、肝硬変になり、入院します。そしてある日、塚田はその肉が、亡くなった戦友のものだったことを木口に告白します。塚田は、どうしてもこのことを受け止めることができない。だから酒を飲まずにいられないというのです。塚田は酔いたかったのではありません。魂の痛みを酒で和らげていたのです。

塚田が入院したときはすでに余命が限られていました。

天来の使者

病院に入るとガストンという名のボランティアの外国人の若者がいました。誰も近づくことのできなかった塚田の心に、ガストンだけは不思議に寄り添える。二人の「魂の交流」は見えないかたちで深まっていきます。

ガストンはクリスチャンです。時折、塚田に神の話をします。それが塚田には不可解で、当初は不快にすら感じます。ガストンは布教しているのではありません。自分が大切にしているものを心通わせた塚田に話しているだけです。その後もガストンは献身的に塚田に寄り添います。そして、ある日、塚田は木口がいるところでガストンに向かってこう話し始めます。

「ガストンさん。あんたのいう神は……本当におるとか」

「ふぁい」

とガストンはいつもの間のびした声を出し、

「ツカダさん、そのこと、嘘でない。本当のこと」

「ガストンさん、わしはな……むかし戦争の時……ひどかことばしたとよ。それば思うと、辛か。ほんに」

「大丈夫、大丈夫」

「どげん、ひどかことでも……」

「ふぁーい」

「ガストンさん、俺は……戦争ん時」

　塚田は喘いだが、ひきしぼるような声で、

「ビルマでな、死んだ兵隊の肉ば……食うたんよ。何ば食うもののなか。そげんせねば生ききらんかった。そこまで餓鬼道に落ちた者ば、あんたの神さんは許してくれるとか」（同171－172頁）

　ガストンは、塚田の話を瞑目したまま聞いていました。「まるで修道士が孤独に祈っているような姿だった」と作者は書いています。そして静かに「ツカダさん。人の肉を食べたのはツカダさんだけではない」と言って、数年前にアンデス山脈で実際に起こった飛行機の墜落事故の話をします。

　当然、食糧は限られていました。事故から三日後、酒飲みで、飛行機のなかでも酩酊《めいてい》していた男の人が亡くなろうとしていました。彼は胸を強く打ち、重傷だったのです。彼は自分が死んだなら、その肉を食べたくなくても食べて、生き延びてほしい、助けは必ずくる、そう告げるのです。

この男性だけではありません。同様のことを続け、人々は生き延びることができたのでした。救助が来たのは七十二日後でした。そしてガストンは、たどたどしい日本語でこう言葉を添えます。

「この人たち、生きてアンデスから戻った時、皆、悦びました。死んだ人の家族も悦びました。人の肉を食べたことを怒る者はいませんでした。酒のみの男の妻もこう言いました。あの人ははじめて良いことをした、と。彼の町の人たちはそれまで彼の悪口を言っていましたが、もう何も言いません。彼が天国に行った、と信じています」

（同174頁）

この話を聞いた塚田は、二日後、亡くなります。作家は「木口には安らかなデス・マスクはガストンが塚田の心からすべての苦しみを吸いとったためだ、と思えてならなかった」と書いています。塚田が亡くなるとガストンの姿も見えなくなっていたのです。

もちろんガストンは人間です。しかし、塚田にとっては天来の使者のように感じられたのではないでしょうか。人は人でありながら、その人も知らないうちに人間以上のはたらきをすることがある。むしろ、人間以上の存在の通路になりえる、それが真の意味での人間なのではないか。遠藤はそう問いかけているように思われます。

道化の象徴

どういう存在であれ、「聞くもの」がいなければ、人は苦しみを打ち明けることはできません。沼田のように、たとえそれが人間でなかったとしてもです。沼田は、犀鳥に「ピエロ」と名前を付けていました。

犀鳥は熱帯の鳥で、愛嬌のある顔をしていて、確かに道化のようでもある。あるとき、沼田はふと、「ピエロ」はイエスのようだと思う。彼はそれまでもイエスを身近に感じたことがあったわけではないのです。ルオーの絵を愛した彼は、このフランスの画家がイエスの象徴として、しばしば道化を描いたことを知っていたのです。

ピエロはどこかに哀しみを感じさせます。また、道化のようだというとき、そこにはほかの人には認められないことを懸命に行う「愚者」という語感があります。

ただ、そのいっぽうで、そうした哀しみの愚者であることこそ、人間の真の姿である、という思いも私たちにはある。真摯に生きるとき、人は道化の衣をまとうことがあるというのも人生の真実ではないでしょうか。

そのことにいち早く気がつき、優れたルオー論と道化論を書き、そこにイエスの姿を追った越知保夫《おちやすお》（一九一一〜一九六二）という批評家がいます。

越知は遠藤の作品（『海と毒薬』）を読んでいますが、遠藤が越知の存在を知ったのは彼が亡くなり、遺稿集が編まれてからでした。それを読んだ遠藤は、「砂漠のなかに金鉱を掘りあてたようなよろこびをもって」その言葉と向き合ったと書いています（『新版　小林秀雄　越知保夫全作品』）。

「道化雑感」という作品で越知は道化の本質をこう記しています。「道化は一種の哲学者である。それは哲学と共に生れるが、同時に哲学を否定する。道化は哲学をひっくりかえす」と書いたあと、越知はこう続けます。

人生の謎について理智があみ出す諸々の解決は彼〔道化〕の身振り一つで崩れ去る。

彼はたえず人生の根源的な謎の前に立ちかえり、この謎を彼の身振りで浄める役をする。彼は人が説き聞かせる理をどうしても理解しない。どこまでも分らない振りをする。そして一足毎に失敗する。しかしその失敗を通じて日常の世界を超えた一つの秩序の存在を暗示しようとするのである。（同、〔　〕は引用者）

ある意味で道化は失敗者です。しかし、失敗するのは試みたことのある者だけで、人生には失敗することでしか学べないことがあります。

　道化は言葉を用いません。言葉の彼方、コトバの世界で生きている。道化の前に「理智」やこざかしい論理は役に立たない。彼はそれを単純な身振りで否定する。道化は言葉を用いる代わりに沈黙のうちに身振りでさまざまなことを「語る」のです。道化は語らないというよりも、彼が直面しているものを語る言葉を持たないともいえます。

　これは沼田が愛した犀鳥の姿を彷彿《ほうふつ》とさせます。この鳥は、道化がそうだったように、人間が言葉で解き明かそうとしているこの世界の謎と深く通じているのかもしれないのです。

　道化は「失敗を通じて日常の世界を超えた一つの秩序の存在を暗示しようとする」。ここで越知保夫が書いていることを、私たちはあるところで経験しています。サーカスです。

サーカスに行くとショーが始まる前にピエロが出てきます。ピエロはさまざまなことをして観客を笑わせ、緊張を取ってくれます。ピエロは人間の姿をしていますが、顔に化粧がされています。しかしサーカスの世界では、それは化粧ではなく、ピエロとはそういう姿をしている、ということなのです。ピエロ——あの犀鳥もまた——は私たちを現実世界とは異なるもう一つの場所へ導いてくれる存在になる。越知の言葉でいえば「日常の世界を超えた一つの秩序の存在を暗示しようとする」のです。

苦しみの受容者

苦しみや悲しみは、誰かがそれを受け止めてくれるとき、異なる何かに変容するのかもしれません。

次に引く一節は、近年『深い河』を再読したとき、ずっと心に浮かんでいた言葉です。また、私がある悲痛に打ちひしがれたとき、もう一度、生きることを決意させてくれた言葉でもあります。

書いたのは、哲学者であり、民藝運動を牽引《けんいん》した柳宗悦です。柳は、「悲しさは共に悲しむ者がある時、ぬくもりを覚える」という。悲しみを真に慰めるのは、徒《いたずら》な励ましではなく、自分とは別の悲しみを生きる者、あるいはそれゆえに悲しみを受け止めてくれる者の存在だと述べています。

> 「悲《ひ》」とは含みの多い言葉である。二相のこの世は悲しみに満ちる。そこを逃れることが出来ないのが命数《めいすう》である。だが悲しみを悲しむ心とは何なのであろうか。悲しさは共に悲しむ者がある時、ぬくもりを覚える。悲しむことは温めることである。悲しみを慰めるものはまた悲しみの情《じょう》ではなかったか。悲しみは慈《いつくし》みでありまた「愛《いとお》しみ」である。悲しみを持たぬ慈愛があろうか。それ故慈悲ともいう。仰《あお》いで大悲《だいひ》ともいう。（『南無阿弥陀仏　付心偈』）

悲しみの温もりと呼ぶべきものがある。さらに悲しみは、あるとき「慈み」と「愛しみ」に変わる。また、深く悲しむ者は、別の深い悲しみを慰藉《いしゃ》する者になる。悲しむ者は、自分の知らないところで、誰かを慰め得る人格を内に秘めるようになる、というのです。そして、先の一節に柳は、「悲し」だけでなく、「愛し」、「美し」と書いても「かなし」と読むのである、と言葉を続けます。

> 古語では「愛し」を「かなし」と読み、更に「美し」という文字をさえ「かなし」と読んだ。信仰は慈《いつくし》みに充ちる観音菩薩を「悲母観音」と呼ぶではないか。それどころか「悲母阿弥陀仏」なる言葉さえある。基督《キリスト》教でもその信仰の深まった中世紀においては、マリアを呼ぶのに'Lady of Sorrows'の言葉を用いた。「悲しみの女」の義である。（同88-89頁）

聖母マリアが「悲しみの女」であるのは、あれほど人々に慕われた我が子が十字架上で処刑されたというだけではありません。そのことはマリアを悲しみの器にしたというのです。

一八六五年、長崎の大浦天主堂で、二百数十年ぶりにキリシタンと神父が出会います。「信徒発見」と呼ばれる出来事で、遠藤も『女の一生』の第一部「キクの場合」でこのことにふれています。

キリスト教の布教が禁じられていた時代、禁教下の日本で、人々が信仰の火を燃やし続けることができたのは、マリアへの助力を仰いだからです。このときも、人々が探したのはマリア像でした。彼、彼女らの霊性の母であるマリア。それは聖人のなかでも最も高き場所にいる悲しみの人でもあったのです。

苦しみの霊性

『深い河』にはチャームンダーという苦しみの女神が幾度となく描き出されます。一九九〇年のインドへの旅で、遠藤は実際にこの女神の像を見ています。人間の見える苦しみだけでなく、他の人の目には映らないものも、この女神は引き受け、ともに苦しんでくれる。共苦の神です。

人間の苦しみを引き受けてくれる神というようにも考えられます。そうした信仰もあるようですが、あまり現実的ではありません。この小説で描かれるインドには溢れんばかりに苦しむ人がいるからです。

苦しみにあるとき、人はしばしば生きる意味を見失いがちです。しかし、神がその苦しみを共に背負ってくれると感じられるとき、私たちはそれまでとは異なる生のありようを見出すのではないでしょうか。共苦の神は、同伴者である神にほかなりません。

　共に苦しむこと、遠藤はほかの作品でもそれを至上の愛の行為として描き出しています。たとえば、共苦という営みから『沈黙』を読み直してみるとき、主人公ロドリゴに棄教をすすめるフェレイラの姿も違って見えてくるように思います。

チャームンダーとの出会い

『深い河』のインドのツアーガイドの江波は、一行にチャームンダーをこう紹介しています。

> 「灯が暗いから近よってください。この女神はチャームンダーと言います。チャームンダーは墓場に住んでいます。だから彼女の足もとには鳥に啄まれたり、ジャッカルに食べられている人間の死体があるでしょう」
> 　江波の大きな汗の粒がまるで泪のように蠟燭の残骸が点々と残っている床に落ちていく。
> 「彼女の乳房はもう老婆のように萎びています。でもその萎びた乳房から乳を出し

て、並んでいる子供たちに与えています。彼女の右足はハンセン氏病のため、ただれているのがわかりますか。腹部も飢えでへこみにへこみ、しかもそこには蠍《さそり》が噛みついているでしょう。彼女はそんな病苦や痛みに耐えながらも、萎びた乳房から人間に乳を与えているんです」（講談社文庫　新装版234頁）

説明する江波の汗が「泪」のように床に落ちた。この一節だけで、チャームンダーとの出会いが、彼とインドの関係を決定したことが分かります。落ちたのは汗です。しかし、人々はそこに江波の「泪」を感じる。遠藤は、のちに美津子にこのときのことを語らせています。江波もまた、本書では深く言及しませんが、この共苦の神に救われた者の一人なのです。

この女神は墓場にいる。それは、死に瀕《ひん》している人たちの苦しみをすら引き受けようとすることを示しているのかもしれません。

チャームンダーは、共苦するだけではありません。苦しみながらも与えずにはいられない神です。この女神は人間に乳を与えます。チャームンダーは母でもあり、人間は自分の力では生きていくことのできない幼子、すなわち、弱き者だというのです。

人はそこで「小さきもの」にならざるを得ない。「小さきもの」になったところから見る世界、そこは、生きる世界ではなく、生かされる世界になってくる。それまで気がつかなかった、見えない助力にも人は、気がついていくようになります。

神は人々と共に

作中にあるチャームンダーの描写を見ると、その像を見てみたいと思うのではないでしょうか。私もインターネットでチャームンダーを調べたのですが、結果は探さねばよかったと感じました。

遠藤の記述には、像そのものだけでなく、遠藤の七十年の人生の苦しみと悲しみもまた籠《こも》っています。そこには経験の深み、意味の深みがある。しかし、画面上で写真を見ると、どうしても平板的に見えてしまう。写真を見て分かったような気持ちになるより遠藤の文章の奥にあるものを探る方が、ずっとよいと思ったのです。

もう一つ、写真を見ない方がよいと思う理由があります。それはチャームンダー像を見た美津子は、この神の臨在《りんざい》を町で亡くなっていく人の姿にも見るようになるからです。

後日、美津子は火葬場で老婆の遺体を目にします。そこに彼女は不可視な姿をした共苦の女神を、もう一つの眼で「視る」のです。

「お婆さんの遺体ですね」
と沼田は死体の痩せ細った足や足首をみて呟いた。炎で顔は見えない。美津子はこの老婆の人生をもまた女神チャームンダーに重ねた。女神のように老婆はこの世で苦しみ、耐え、それでも萎びた乳房で子供たちに乳を飲ませて死んだのだと思った。そして大津がそんな人間を十字架を背負うように背負って、この河まで運んでくる……

（同273頁）

本書の第4章の終わりに、神父である大津が、身寄りのない人の遺体を火葬場まで運んでいるという光景にふれました。なぜ、彼はそこまでするのかを、あのときの美津子は分からない。しかし、このときの彼女は違います。「十字架を背負うように背負って」という表現がそれを暗示しています。彼女の魂は、自覚がないまま、神の国とつながっているのです。

ここでの「十字架」は、イエスが運んだものだけでなく、それぞれの人が背負わねばならない試練を意味しています。

この町では市のトラックが日に一度巡回して、行き倒れた人のケアをします。息のある人は施設に、亡くなった人は火葬場へと運ばれます。それでも見落とされる人がいて、大津はその人に寄り添っている。このとき彼が運んでいるのは、遺体だけではありません。幾重にも重なった何ものかなのです。亡くなった人の生の重み、大津自身の「十字架」、そして、亡くなった人に寄り添うイエス、不可視なイエスです。

先にマザー・テレサの言葉にふれました。弱き人に寄り添う理由を聞かれ、彼女はこう答えています。大津からも同じ言葉を聞くことができたはずです。

> 病人や貧しい人のお世話をする時、私たちはキリストの苦しんでいる体のお世話をしているのです。
>
> 私たちはイエスにしているかのように貧しい人々に仕えてはいけません。彼らはイエスその方だから仕えるのです。（『マザー・テレサ　愛と祈りのことば』渡辺和子訳）

ここでマザー・テレサが「キリストのようなもの」ではなく、キリストそのものであることを強調していることを見過ごしてはならない。復活のイエスは、すべての人に宿っている。それがマザー・テレサの聖なる発見だったのです。

それぞれの「泪」

美津子の肉眼が捉えていたのは亡くなった老婆ですが、もう一つの眼はチャームンダーを「視る」。それは同時に大津の姿の奥にイエスを感じることでもあった。大津と共に亡《なき》骸《がら》を運ぶ、同伴者イエスの姿です。

こうして見ると、共苦の女神が美津子をイエスにまで導いたといってもよいように感じられます。もちろん、逆のことも起こっています。学生時代に出会っていたキリスト教の「神」が、共苦の女神との邂逅を準備してもいるのです。

インドに来て、美津子を迎えたのはまず、深い闇の森でした。それは始まりに過ぎません。マザー・テレサと共に働く修道女や大津、そしてチャームンダー、これらの出会いは彼女を特定の「宗教」に近づけたりはしません。しかし、これまでになく深く霊性的にします。自らの内なる神、世界の存在を司る神、隣人の内なる神へと彼女を導くのです。ここでの神は、特定の宗派の神ではありません。ただ、「神」としか呼ぶほかない存在なのです。

あるとき、彼女の眼は、人間の眼でありながら、同時に彼女を超えた視座に立つ。美津子の眼は、孤独のまま亡くならねばならなかった人の上に、見えない涙をすら捉えます。

> 竹のベッドに乗せられ、赤や黒の布に包まれ、ミイラのようだった老婆の死体。もしその布を剝がせば、そこからはあの崩れた女神チャームンダーが現われるだろう。どの死体にもそれぞれの人生の苦しみ、それぞれの泪の痕が残っている。（『深い河』講談社文庫 新装版314頁）

もし、美津子の実感が正しければ、悲しい人は泣いている、というのは精確ではないのかもしれません。悲しい人も泣いていると言わねばならない。なぜなら、うめくほかない人は、もう泣くことすらできず、魂のなかで、誰にも見えないかたちで落涙《らくるい》するほかないからです。

魂の傷や魂を流れる「泪」は目に見えない。目に見えない形で私たちの魂でうごめいている。それにふれるとき、人は人でありながら、人間を超えたものの通路になっているようにも感じられます。

老婆を包んでいる布を剝がせばチャームンダーが現われる、と遠藤は書いています。しかし、ある人はここに聖母マリアの姿を見るかもしれない。私自身がそうでした。不思議な感覚ですが、「チャームンダー」という文字を目で捉えながら、心はそこに聖母マリアの姿を感じずにはいられなかったのです。柳宗悦がいう‘Lady of Sorrows’「悲しみの女」の姿を感じたのです。

これまでキリスト教は、「浄き」あるいは「清き」という言葉とマリアをあまりに強く結びつけすぎたのかもしれません。マリアが宿している「清らかさ」は、汚れを知らない者のそれではありません。むしろ、幾多の悲しみと苦しみによって深められた「清き」ものなのです。

この問題を遠藤が探究したのは『女の一生』の第一部「キクの場合」です。真実の無垢《むく》は、それを拒む出来事によっていっそう深まることを彼はこの作品で見事に描き出しています。

大津は「出向いて」行く人です。助けを必要としている人を探す人です。それは同時に「神」を探す人でもある。

教会の門がいつも開いていたとしても、助けが必要な人がそこを訪れるとは限りません。難しいことも少なくないはずです。大津が寄り添っている人たちは、わが身を動かす力さえ残っていないのです。

次に引く一節は、私が『深い河』のなかで、もっとも優れた文章の一つだと感じたものです。それは同時に、この作品を書くまで、遠藤がどれほど霊魂の暗夜と呼ぶべきものを経験せねばならなかったのかが分かる一文でもあります。

ほとんど光が差さない場所として描かれるこの場面は、そのまま遠藤の心の奥の光景でもある。そうでなければ、これほど繊細な描写はできないからです。

> 既に外は白みはじめている。戸をしめ中庭に出ると目をさました痩せた牛が感情のない眼で彼をみつめ、先に立ってのそのそと出ていった。昼には塔からひびくイスラムの詠唱の声とリクシャーや流れる渦のような人間の溢れる通りも、まだ静まりかえ

り、店々はペンキの剝げた戸をかたく閉じて無人の撮影所の町のようだった。動いているのは野良犬の群と路の真中にゆっくりと起きる牛だけ。かすかな涼しさが大気のなかにまだ残っている。やがて強烈な光が照りつけるであろう通りを右に折れ、左に曲り、湿気と汚穢《おわい》の路を大津は歩きまわった。彼が探すのは、路のどこか片隅で襤褸のようにうずくまり、喘ぎながら死を待っている行き倒れを見つけるためだった。彼等は人間の形をしながら人間らしい時間のひとかけらもなかった人生で、ガンジス河で死ぬことだけを最後の望みにして、町にたどりついた連中である。

油虫の居場所を見つけるように大津は彼等がこの町のどんな場所で倒れているかを本能的に知っていた。それはいつも人眼の届かない細い抜け道の、僅か壁の間から外の光が洩れているような場所だった。

息を引きとるまで人間はそんな光を最後の頼りのように求めるものなのだ。（同328―329頁）

これは確かに外界の描写です。インドではこうした場所は確かにある。しかし、多くの人はその前を通り過ぎる。立ちどまり、その奥にある意味をここまで感じることができるのは、心の中で「湿気と汚穢《おわい》の路」を歩いたことのある者だけです。

遠藤は幾度も大きな手術をしています。母、兄、そして彼の家で妻の家事を手伝っていた若き女性など、親しい人たちの死もまた、彼の内なる眼を開く契機になりました。暗がりで生きたことのある者は、わずかな光の意味を知っています。そして、闇をも照らす光こそが、真の光であり、それは私たちが光という言葉で表現する光線とはまったく別種なものであることを認識しているのです。

胸に光が射す、という表現があります。この光は光線ではありません。その光を目で見ることはできません。しかし、私たちはそれを確かに感じます。むしろ、その光こそが、闇の母胎ですらあることを知るとき、闇の経験は、姿を変えた光の経験であるという人生の秘義に出会うのです。

内なる神

インドでチャームンダーを見たとき、遠藤は、ある驚きとともに懐かしさを感じたかもしれません。

「懐う」は、「おもう」と読みます。それは、単に自分の過去をおもうことではないのです。それは「顧う」という別な文字があります。回顧録という言葉もある。「懐う」とは、個人の記憶を超えた何かにふれたときに用いる言葉です。

チャームンダーに出会ったとき、遠藤は、自分をずっとささえていた共苦の神の存在に改めて気がついたのだと思います。彼はそれを忘れたことなどなかったでしょう。このとき、彼に宿ったのは、神はまず、共に苦しむ存在であることを世の人々に伝えよというほとんど啓示に似た出来事だったように思われます。

さらにいえば、チャームンダーに出会ったとき、大津や美津子、ほかの登場人物たちの生涯もまた、遠藤のなかで胚胎《はいたい》したのではないでしょうか。この女神を描く彼の筆致がそう感じさせさえするのです。

作品の終盤に「河に来る者の一人一人がそれぞれに蠍《さそり》に刺され、コブラに噛まれた女神チャームンダーの過去を持っている」（同337頁）という一節があります。美津子の内心に浮かんだおもいのようにも見えますが、作家の独白のようにも読めてきます。

作家が思わず物語に参加する。こうしたことは時折、起こります。そうせざるを得ない場所へと作家が運ばれるといってもよいかもしれません。しかし、こうした文字が記されている作品は、ほとんどの場合、作家個人の意識を超えたところから生まれたものです。

作家が物語に用いられる。物語と人間の関係において主客が逆転したところ——物語が人間を通じて語り出す場——に私たちはしばしば、叡知と呼ぶほかないものをかいまみるのです。

夜明け前、美津子と木口がガンジス河を眺めている。日が昇り、河を照らす場面を遠藤は「空が薔薇色に割れる」という印象的な言葉で表現しています。朝日が河を照らす。それは一つの「河」である私たちを照らし出すことでもあるというのでしょう。

> 二人の真下では薔薇色の朝日を全身に受けながらガンジス河の水を口に含み、合掌している裸体の男女が並んでいた。その一人一人に人生があり、他人には言えぬ秘密があり、そしてそれを重く背中に背負って生きている。ガンジスの河のなかで彼等は浄化せねばならぬ何かを持っている。（同339頁）

浄められるべき秘密は誰の胸にもある。それが私たちの十字架かもしれない。しかし、その十字架こそが、人を大いなるものへと導くのではないか。作家はそう静かに問いかけるのです。

第7章　愛について

窓の下から

ギリシア語には「時間」を現わす言葉が三つあります。「クロノス」「カイロス」そして「アイオーン」です。

「クロノスkronos」は、英語で時計を意味する‘clock’の語源でもあります。それは、時計で計測できます。どんどん前に進む。「カイロス」は「進む」というかたちではなく、「深まる」、あるいは「顕われる」というかたちで経験されます。そして、永遠なる「時」である「アイオーン」です。

ここでは「クロノス」と「カイロス」をめぐって考えを深めてみたいと思います。それが「アイオーン」にふれる準備でもあるからです。

遠藤がいう「生活」と「人生」の表現を借りれば、「クロノス」は生活の時間、「カイロス」は人生の時間だといえると思います。もちろん、「クロノス」と「カイロス」を分けて生きることはできません。しかし、それはけっして同じではない。それは不可分であり、不可同であるという、不思議な関係にあるのです。

いつも何かに追われているように生きる現代人が「クロノス」を忘れることはありません。しかし、「カイロス」を身に引き寄せながら生活をしているかというと、大きく疑問が残るのではないでしょうか。『深い河』に登場する人たちの多くは、「クロノス」から「カイロス」へと人生の次元が変化しつつあるのを感じている人たちです。「クロノス」から「カイロス」への転換は一気に起きるように感じられることもあるかもしれませんが、実際は人生のなかでゆっくりと動いているものです。それが、ある時点で大きく顕在化する。美津子の場合もそうでした。それは少女時代の回想という出来事を通じて顕われます。学生時代、大津と出会い、関係が深まったときのことでした。

　夕暮、彼女は白けて、まだすり寄ってくる大津の体を突き放した。夕暮で、さっきまで聞こえていたオートバイの音や騒音が静寂に変っていた。そして一人の少女が窓の下で唄を歌っていた。

　　ゆすろう、ゆすろう　夢の木を
　　あおい野原のまんなかに
　　一本はえてる夢の木を

美津子はその歌声を聞くと、遠い昔失った少女時代を思いだした。（講談社文庫　新装版80頁）

この場面をめぐっては、先にふれた山根道公氏が、とても示唆的な「読み」をしています。この一節で重要なのは、この「唄」が、「窓の下」から聞こえてきていることで、それは「美津子自身の意識の深層からの声であることを暗示している」（『遠藤周作『深い河』を読む』）というのです。

この小説は、つねに多層的に物語が展開することは先に見ました。ここでも同じで、「唄」は大津の耳にも届いていたかもしれません。しかし、それは美津子とはまったく異なる質感の出来事だったというのです。大津には時折遭遇する日常の風景ですが、美津子にとっては、抗いがたい力によって「自己」へと引き寄せる契機になったのです。

さらに山根氏は、この場面の記述は、遠藤が『さらば、夏の光よ』で引用していた、野村英夫の詩の一節を想起させる、というのです。

日暮になって、子供が唄を歌うとき

わたしは　なぜか、人生というものを
思う

野村英夫は、遠藤の師でもあった吉満義彦に影響を受けてカトリックになりますが、一九四八年、病のため三十一歳で亡くなります。野村の詩が広く世に知られるようになるのは、没後五年を経てからです。生前に彼がまとめた詩集『司祭館』も肉筆で三部作られただけです。そのうちの一部が堀辰雄に送られました。

ただ、遠藤は野村の言葉をそのまま書いたのではありません。「日暮れて」と題する詩には次のように記されています。若き日の遠藤が「人生」という言葉に出会い直したのは、この野村の作品だったのかもしれません。

日暮れて来て
近くの家で娘が歌ひ始めると
私は何か人生と云ふものを心に思ふ。（『野村英夫全集』）

『深い河』が、物語の姿をした精神的自伝であることは先に述べました。遠藤はこの作品で、それまでに影響を受けた人たちの面影をそっと潜ませるように書いています。その筆致は、先に逝った者たちによって守護されている生のありようを、彼方の世界にいる人たちに向かって報告しているようにも思います。

無垢なるもの

先に引いた一節の大津、美津子に突き飛ばされたときの彼はまだ、道を探しながらも、自分とは何かを見出せないまま不安定な日々を送っている若者です。美津子は、自分にないものを大津に見て、彼を近くに引き寄せますが、関係が深まれば深まるほど、大津にはまだ、確かなものが無いことが分かってきます。そのことがかえって彼女を不安にさせ、すり寄ってくる大津を突き放す、という行為になった。

それが単なる生理的な不快感でないことは、そのあと彼女が突然、何かに導かれるように忘れていた少女時代に引き戻されるという描写が暗示しています。

美津子の胸に響いた「唄」は、水谷まさるの「夢の木」という作品の一節です。この言葉は、何度か、この作品に出てきます。

「あおい野原のまんなか」が、美津子の「人生」の地平であることは分かります。生活の時間は過ぎ去っていきますが、人生の時間は違います。それは、過ぎ去ることなく、深まっていきます。そこでは少女時代の彼女が、大人になった彼女に無言のまま何かを告げるのです。

内なる少女が、美津子に何かを語りかける。ここでの少女は無垢の象徴でもあります。しかし、それまでの美津子は、そうした声を封印してきました。それは通過点に過ぎず、留まるべきものではないと思っていたのです。

美津子だけではありません。私たちもまた、内なる少女、内なる少年と、どこかの時点で別れてきたのではないでしょうか。

それがどれほど大きな人生の損失であるかを訴えるのが童話作家たちです。宮沢賢治はもちろん、『星の王子さま』を書いたサン＝テグジュペリにも、そうした思いが強くありました。人は、何歳になっても無垢であって構わない。むしろ、そうあるために何ができるのかを考えなくてはならない、というのでしょう。

そのいっぽうで私たちは、無垢であるだけではない自分も知っています。

ただ、この本で考えている無垢は、不純物を一切含まない純粋を意味するのではなく、雑多なものが折り重なっても、なお深まるものが無垢であることは、先にもふれました。

無垢を汚すような経験をする。それは私たちの日常です。自分を裏切る。あるいは、大切な人のおもいを無下にするということもあるかもしれません。しかし、それでも深まる、もう一つの無垢がある。

共苦の女神チャームンダーは、そうした意味で無垢なる存在です。私たちの内にも、永遠なる無垢が存在している。そうでなければ、あの女神の姿に心を動かされることもないのです。

ある人は、けっして汚されることもなく、傷つくことのないものを内なる「霊」と呼びます。そのはたらきが霊性です。美津子にとっての無垢の経験も霊性も、彼女自身が、気づかないところで深まっていたのです。

自分を愛する

無垢なるものが生き続ける。それと呼応するように、無垢なる時代というのも私たちの中にあります。

先の「唄」で、樹木が歌われていたように人間もまた、樹木的に変貌します。一本の樹は、種子から芽を出し、若木になり風雨や寒暖の日々を経て、樹木になっていきます。樹木と呼ばれるようになると、幹に傷があり、ある部分の枝が折れていることもあります。しかし、その樹はどこまでも純然たるその樹であり続けています。

ここで無垢なる時代と呼ぶのは、樹木的変貌の段階でいえば、若木の頃を指します。それは内なる少女時代、永遠の少女時代だといってよいものです。

それまでの美津子にとって内なる少女、あるいは内なる少女時代は、乗り越えるべきものだと思われていた。幼さとは未熟さであり、弱さだと感じられていた。ただ、インドにいって彼女が経験したのは、まったく別な事実です。無垢なるものこそ、強靭《きょうじん》であることを知るのです。「幼く」なるために、彼女はインドに渡ったといってもよい。

「幼子」であることの重みを問い続けたのがイエスです。イエスは、あるとき、弟子たちを前に、生きるとは、「幼子」になろうとすることだと語ります。「マタイによる福音書」には、人は「幼子」のようにならなければ、天の国には入れない、という一節があります。

イエスは幼子を呼び寄せて、弟子たちの真ん中に立たせ、仰せになった、「あなた方によく言っておく。心を入れ替えて幼子のようにならなければ、決して天の国には入れない。だから、幼子のように自らへりくだる者が天の国でいちばん偉いのである」
（18・2-4 フランシスコ会聖書研究所訳注）

ここでの「偉さ」は、世にいう偉大さではありません。あくまでも神の前における「偉さ」です。それは、独りで亡くなった人を火葬場に運ぶ大津がそうであるように、人の目にはしばしば、価値薄きものに映ります。

コトバの時代

幼年時代をめぐって忘れてはならないのは、この時期私たちは、大人になってからのようには言葉を媒介にせず、世界と交わりを深めていることです。世界からとても豊かなものを非言語的な形で受け取っているのです。言葉を介さない経験は限定が少ない。しかしその分、うまく想い出せない。そして、いつしかそれがあったことを忘れてしまうのです。

想起できないことと存在しないことは違います。うまく思い出せないけれども、私たちの中で生きている。そういう幼年時代の経験というものを深めていく意味を強く説くのがリルケです。

先に堀辰雄と遠藤の関係にふれました。若き遠藤の作品「堀辰雄(論)覚書」でじつに頻繁に言及されるのがリルケです。この詩人は、幼年時代こそ、詩の源泉、すなわち美と叡知の泉だといいます。

『若き詩人への手紙』はリルケが、これから詩を書こうとする若者に送った書簡です。リルケの没後に刊行されました。そこでリルケは、若者に「日常」と深く交わるようにと強く促します。「日常の富」を発見することこそが、詩人のつとめだというのです。でも、もしそれが難しい場合には、と述べつつ、リルケは幼年時代の意味をこう書き記しています。

> それでもあなたにはまだあなたの幼年時代というものがあるではありませんか、あの貴重な、王国にも似た富、あの回想の宝庫が。そこへあなたの注意をお向けなさい。この遠い過去の、沈み去った感動を呼び起すようにお努めなさい。あなたの個性は確乎としたものとなり、あなたの孤独は拡がりを増し、一種薄明の住家となって、他人の騒音は遠く関わりもなく過ぎて行くようになりましょう。(高安国世訳)

幼年時代とつながる、それは人が自分自身とは何かを確認する道程にほかならない。そして、そこにこそ、人が内なる詩人と出会い直す契機が潜んでもいる、というのです。美津子に幼年時代を想起させたのも、野村英夫の詩を遠藤が引用しているのも偶然ではありません。詩は、幼年時代と人とをつなぐ、もっとも確かな通路でもあるのです。

これは物語だけの話ではありません。詩は、誰でも書けます。誰の心にも眠れる詩人がいるのです。詩にふれることによって、私たちは無垢なる者、無垢なる時代と出会い直すのだと思います。

母なるもの

幼年時代とのつながりを回復することで、自分の居場所を確かめたのは美津子だけではありません。大津もそうでした。彼は美津子への手紙で、自らの信仰の源泉も、また、それを生き続けているのも、母への信頼だと語っています。「少年の時から、母を通してぼくがただひとつ信じることのできたのは、母のぬくもりでした」と書き、こう続けます。

> 母の握ってくれた手のぬくもり、抱いてくれた時の体のぬくもり、愛のぬくもり、兄姉にくらべてたしかに愚直だったぼくを見捨てなかったぬくもり。母はぼくにも、あ

なたのおっしゃる玉ねぎの話をいつもしてくれましたが、その時、玉ねぎとはこのぬくもりのもっと、もっと強い塊り——つまり愛そのものなのだと教えてくれました。大きくなり、母を失いましたが、その時、母のぬくもりの源にあったのは玉ねぎの一片だったと気がつきました。そして結局、ぼくが求めたものも、玉ねぎの愛だけで、いわゆる教会が口にする、多くの他の教義ではありません。（『深い河』講談社文庫 新装版200頁）

結局、自分にとっては信仰とは、母からの愛、そして、母を生かしていたイエスへの信頼であって、教会が語る教義や神学に由来するものではない、とまでいう。

この一節だけを読むと、母は大津の手を握り、時に抱きしめ、他の兄姉に比べて優秀だとは言えない彼をただただ愛《いと》しんだ、温かい人だったように思われます。大津の母はそういう人だったのかもしれない。しかし、遠藤の「母なるもの」はそれだけに終わるものではありませんでした。

『影に対して』という小説があります。主人公とその父母との関係を描き出した作品ですが、遠藤の実人生が色濃く反映されています。この作品は二〇二〇年、遠藤の遺品が保管されている長崎の外海にある遠藤周作文学館で発見されました。未発表であるだけでなく、どのような経緯で書かれたのかも分かっていません。

ここで描かれる母は、先の大津の言葉とは異なる姿です。母は子を深く愛します。しかし、そのいっぽうで人生に対しては峻厳《しゅんげん》という言葉が当てはまるほどの厳しさを持っていました。

彼女は音楽家でした。音楽家の定義が、人前で演奏をし、生活していくことを指すなら、彼女はそうではありません。しかし、彼女にとって音楽は、芸術というよりも求道の営みだったのです。

両親は離婚し、若い主人公は父親と継母と暮らしています。そこにある日、実母から手紙が届く。母親は子どもに、自分がなぜ、人前で演奏しないかをめぐってこう書き送っています。

> 人に発表するだけのものがまだ自分にできていないからです。テクニックだけではなく、もっと高いものが音楽にある筈なのに、母さんにはそれがいくら勉強してもまだつかめないからです。でも一つの音のなかから母さんは音以上のものをとらえてみた

いと考えています。ただ近頃は心臓のほうが更に悪く、みなから顔がむくんだなどと言われています。（『影に対して　母をめぐる物語』74頁）

一つの音に音以上のものを見つける。これを受け取った主人公が、音を言葉に置き換えなかったとは考え難い。別な手紙で彼女は「テクニックだけの人生を生きるような人間にならないでほしいと思いました」（同72頁）とも書き、「歩きにくいけれどもうしろをふりかえれば、自分の足あとが一つ一つ残っている。そんな人生を母さんはえらびました。あなたも決してアスハルトの道など歩くようなつまらぬ人生を送らないで下さい」（同73頁）と書くこともありました。

遠藤の母は、豊かな愛を注ぎ、彼を信仰に導きました。しかし、それだけでなく、信仰の道を歩く者としての厳粛なまでの覚悟を強いた人でもあったのです。遠藤にとってキリスト教は、本を開いて学ぶものであるよりも、人から人に伝えられるべきものだったのです。

人から人、あるいは魂から魂へと伝わるべきもの、それは言葉になり得ないものでもあります。しかし遠藤は、言葉たり得ないと分かっているものを、生涯を賭して書いていったのです。

召命の声

「召命《しょうめい》」という言葉があります。むかしは「召し出し」と呼ばれていました。英語ではvocation、最近ではcallingともいわれます。それは、神に「呼ばれる」ことを意味します。

ある時期までは召命というと聖職者になることを指しましたが、近年では在俗であっても使徒職と呼ばれるものへ導かれることを召命と呼ぶ場合があります。あるとき、大津ははっきりと召命を受けます。そのときのことをのちに美津子にこう語っています。

「あなたから棄てられたからこそ――、ぼくは……人間から棄てられたあの人の苦しみが……少しはわかったんです」

「ちょっと、――そんな綺麗ごとを言わないで」美津子は傷ついた。大津を追いつめたい気持は更に強くなった。

「すみません。でも本当にそうなんです。ぼくは聞いたんです。成瀬さんに棄てられて、ぼろぼろになって……行くところもなくて、どうして良いか、わからなくて。仕方なくまたあのクルトル・ハイムに入って跪いていた間、ぼくは聞いたんです」

「聞いた？　……何を？」

「おいで、という声を。おいで、私はお前と同じように捨てられた。だから私だけは決して、お前を棄てない、という声を」

「誰」

「知りません。でも確かにその声は、ぼくにおいで、と言ったんです」

「そして、あなたは」

「行きます、と答えました」（『深い河』講談社文庫 新装版103-104頁）

ここで重要なのは「おいで」という言葉よりも「お前を棄てない」という「声」です。これが大津への召命になった。

それは大津の耳に聞こえるのではありません。ただ、それは打ち消しがたいかたちで彼の胸のなかで響き続ける。大津が「おいで」という言葉を聞いたのは、このときだけだったかもしれません。しかし、「お前を棄てない」という声は、その後の彼の生涯で、何度もよみがえってきたように思われます。

このとき大津は、自分を呼んだのは「玉ねぎ」だといい始めます。「トマトでもいい、玉ねぎでもいい」（同105頁）とも語っていますが、呼称は「玉ねぎ」に強く傾斜していきます。大津は、「玉ねぎ」は「神」の異名であるといい、さらには「愛の働く塊り」であるといいながら、抑えきれないおもいを吐露し始めます。

「神は存在というより、働きです。玉ねぎは愛の働く塊りなんです」

「なお気持わるいわ、真面目な顔をして愛なんて恥ずかしい言葉を使われると。働きって何よ」

「だって玉ねぎはある場所で棄てられたぼくをいつの間にか別の場所で生かしてくれました」

「そんなこと」と美津子はせせら笑った。「別に玉ねぎの力じゃないわ。あなたの気持が自分をそう仕向けたんじゃないの」

「いいえ、ちがいます。あれはぼくの意志など越えて玉ねぎが働いてくれたんです」

この時だけは大津は断乎とした口調になり、それまでそらせていた眼を美津子に向けた。彼は彼女が知っていたどこか弱気の、善良だけがただ一つの取柄だった男とは違っていた。（同106頁）

ある種の言葉には、その人をその人にする力がある。そして、それは、その人の中に眠っている何かを呼び覚ます力でもあります。先の一節はそうした力を宿した言葉です。トマトでも玉ねぎでもよいといいながら、やはり玉ねぎでなければならない理由もあるように思います。それを用いようとするとき、涙がでることがあること、それが愛の「塊り」であること。何よりも、中身が詰まっているともいえるが、皮をむけば最後には、玉ねぎの実体は無くなってしまうということではないかと思います。また、ここで「神」という言葉を用いないのは、現代ではもうそれが、「神」を表わしていないという遠藤の実感があるのでしょう。

愛と信頼

美津子は、自分を愛せない人間だと感じている。深く愛したことも愛されたこともない。それが事実であるかは、作品からは分からない。だが、彼女はそう信じている。そんな彼女に、大津は会うたびに「玉ねぎ」と愛の話をする。日本でもフランスでもインドでも、大津の立場は変わっても、それだけは変わらなかった。

美津子はインドへの旅に大津からの手紙を持ってきていました。捨ててもよかったはずの手紙を遠くインドまで持ってきて、それを読む。このとき、彼女をとりまいているのは「クロノス」ではなく、「カイロス」です。フランスから送られた手紙には、信仰とは、「玉ねぎ」の愛への信頼であると書かれてあったのです。

　その愛のために具体的に生き苦しみ、愛を見せてくれた玉ねぎの一生への信頼。それは時間がたつにつれ、ぼくのなかで強まっていくような気がします。ヨーロッパの考え方、ヨーロッパの神学には馴染めなくなったぼくですが、一人ぼっちの時、そばにぼくの苦しみを知りぬいている玉ねぎが微笑しておられるような気さえします。ちょうどエマオの旅人のそばを玉ねぎが歩かれた聖書の話のように、「さあ、私がついている」と。（同200―201頁）

「エマオの旅人」とは復活のイエスに出会った弟子たちのことです。このときイエスは弟子たちの前には、かつてとは異なる姿で現われたと「ルカによる福音書」には記されています。そして、その人は「メシアは必ずこのような苦しみを受け、その栄光に入るはずではなかったか」（24・26前掲書）と語ったと記されています。

十字架につけられたイエスは、集まった人々から、神の子であるなら、自分を救いだせと言われますが、そのまま亡くなっていく。ある意味でイエスは無力でした。しかし、イエスは、力を超えたもう一つの「ちから」を、その生涯によって体現している。イエスの母マリアをはじめ、イエスを愛した人たちの苦しみによって裏打ちされ、その「ちから」は今も働き続けている。それが大津の信仰の基盤なのです。

チャームンダーにふれたときにも書きましたが、遠藤にとっての神は、苦しみを取り除く者であるよりも、共に苦しむ存在です。それだけでなく、安心して苦しみを生きよと呼びかける者でもある。それは苦しみに意味があるからです。苦しみを経ることでしか認識し得ない人生の秘義があるからです。

孤独のとき

先に、何ものかが「お前を棄てない」と語ったという大津の告白を見ました。しかし、そのいっぽうで大津は自分を「孤独」だといいます。大津は美津子への手紙に「ぼくは孤独ですから、おそらく孤独であるあなたに話しかけたいのです。情けないですが、ぼくは孤独です……」（同207-208頁）と書いたあと、キリスト教と他の宗教が、どのような関係にあるのかをめぐってこう語り始めます。この手紙を書いたとき、大津はイエスが活動の本拠地にしたガリラヤ湖の近くにいました。

> このガリラヤ湖にはユダヤ教徒が圧倒的に多いのですが、基督教徒もイスラム教徒もいます。ぼくは日本人であるために彼等から興味をひかれ、時々、キブツに遊びにいくこともありますし、イスラム教徒の家庭にもよばれました。彼等のなかにぼくは玉ねぎを見つけます。それなのになぜ彼等が他の宗教の徒を軽蔑したり、心ひそかに優越感を感じねばならぬのでしょう。ぼくは玉ねぎの存在をユダヤ教の人にもイスラムの人にも感じるのです。玉ねぎはどこにもいるのです。（同208頁）

大いなるもの（「玉ねぎ」）は、どの宗教にも存在していると大津はいう。それならば、キリスト者にならなくてもよいのではないか、という考えも成り立ち得ます。しかし、それはあくまでも「考え」であって、信仰ではない。「信じる」ことが、単に「考える」ことの先にあるものではないことは先にも見ました。そこには全身を賭すという営みが不可欠になる。そのとき、大津に呼びかけてきたのはイエスだった。これは大津にとって決定的な、すり替えることの出来ない経験だったのです。

そのいっぽうで、大津は、「玉ねぎ」は、すべての人にイエスの姿をして顕われるとは限らないとも感じています。イスラームの人にはアッラーの声で、ユダヤ教の人にはヤハウェの声で、ヒンドゥーの人にはブラフマン、あるいはアートマンとして呼びかける。大津はすべての神が同じだといっているのではありません。すべての神は、「一なるもの」につながっているのではないかというのです。

日本、フランス、イスラエルと旅するなかで、大津は、「一なるもの」は、複数の「顔」を持つのではないかと感じるようになっていきます。同じイエスでも異なる「顔」をもち、また、大津が「玉ねぎ」と呼ぶものをある人は、ほかの名前で呼ぶこともある。ある人はそれを「光」と呼び、また、ある人は「存在」と呼ぶ。「一なるもの」は「多くの名を持つ」のではないかと感じるのです。

宗教多元主義

こうした「神」観は「宗教多元主義」と呼ばれます。『『深い河』創作日記』に記されているように、この思想に遠藤が出会ったのは、宗教哲学者ジョン・ヒックの著作にふれたのがきっかけです。遠藤は、間瀬啓允《ませひろまさ》が訳した『宗教多元主義』(*Problem of Religious Pluralism*)と『神は多くの名前を持つ』(*GOD HAS MANY NAMES*)を読んでいます。ヒックは「宗教多元主義」をこう定義しています。

> 偉大な世界宗教はさまざまに異なる人間の文化的な在り方の中から、実在者なり究極者なりに対して、さまざまに異なる知覚や概念を体現しており、したがってまた、その実在者なり究極者なりに対して、さまざまに異なる応答を示しているし、さらにまた、それぞれの宗教内で〈自我中心から実在中心への人間存在の変革〉が明らかに生じているとする見解のことである。(『宗教多元主義』)

すべての実在を司る者、万物の究極点となる者、それが実在者であり、究極者です。ヒックも「神」という言葉を用いていません。それは大津が「玉ねぎ」というのと同じ理由です。ここでヒックは究極的実在者と呼ぶべきものは、一様には表われない。それぞれの時代、文化に呼応した姿で顕現する。当然、人間の応答も一様ではない。しかし、その異なる姿をした究極的実在者も一つの淵源から生まれたものではないか、というのです。

「宗教多元主義」はどの宗教も同じだから何でもいい、という考え方ではありません。力点は「一なるもの」の方にあります。

そして、先のヒックの言葉で重要なのは、「一なるもの」が多様な姿で顕現するという概念ではなく「自我中心から実在中心への人間存在の変革」を説いている点です。

どの宗教も人間を超えた存在と人間との関係を説きます。そして、この世界の秩序は、その超越者によって人間に与えられたものです。しかし、いつからか人間は、人間に合わせたかたちで「一なるもの」を認識するようになっていった。「一なるもの」という聖なる謎の前に「小さきもの」となるのではなく、無意識的に「一なるもの」と対等の立場に立とうとした。それをヒックは「自我中心」という言葉で表現しているのです。彼にとって「宗教多元主義」とは「自我中心」ではなく「実在中心」すなわち「一なるもの」を中心にした世界を取り戻すことだったのです。

『深い河』ではガンディーの言葉が引かれていました。次の一節は、ガンディーの宗教観だけでなく、遠藤がヒックに何を見たのかをも明示しています。

「私はヒンズー教徒として本能的にすべての宗教が多かれ少なかれ真実であると思う。

すべての宗教は同じ神から発している。しかしどの宗教も不完全である。なぜならそれらは不完全な人間によって我々に伝えられてきたからだ」（講談社文庫 新装版326頁）

ガンディーが語っているように、人間の不完全性とその営みの不完全性の上に本当に立つことができれば、私たちはそこに「小さきもの」の視座が与えられるはずです。そこで人は万人のなかに伏在する完全性とそれが不完全にしか開花していない現実と出会います。そして人は他者と互いに照らしあうことによって、自己と他者の姿を同時に認識し得る可能性に開かれていくのだと思います。

ヒックの試練

ジョン・ヒックは、プロテスタントの長老派の牧師であり、神学者として出発しました。「宗教多元主義」を提唱する以前から、彼は開かれたキリスト教を生きる人でした。それゆえに聖職と教職の二つを追われる、という経験をしています。それでも彼は自分の経験を手放しません。

「宗教多元主義」も多くの論議を引き起こしました。それでも彼が自説を変えず、深化する道を選ぶのは、それが単に着想されたことでなく、生きてきた結果だからです。彼は自説を提唱しただけの人物ではありません。むしろ、それ以前にAFFOR（All Faiths For One Race：すべての信仰は人類全体のために）という市民団体を率いて、信仰的少数者の自由を守る活動をしたことが、彼の「宗教多元主義」を深める契機になったのです。

ここで重要なのは、ヒックの思想が、机の上で一つの概念として考えられたものではないという点です。ヒックの自伝（『ジョン・ヒック自伝』）を読むと、学説になるまでに彼は、ウィルフレッド・カントウェル・スミスなどの高名な学者だけでなく、市井の人を含め、さまざまな人の生きる姿に影響を受けていることが分かります。

一九八九年六月、ヒックが来日したときに会ったことがあります。著作の随処から強い信念の持主であることが伝わってきますが、とても穏やかな人でした。訳者の間瀬啓允が招聘《しょうへい》したのです。

大学で私は間瀬教授の講義を受講していました。一九九一年に間瀬は、日本キリスト教芸術センターの勉強会の講師も務めたことがあります。おそらく、この頃だと思いますが、間瀬から直接、遠藤周作がヒックに関心を持っているという話も聞きました。

指と手のひらのたとえ

大津に似た生涯を送ったキリスト者で、ビード・グリフィス（Bede Griffiths）という人物がいます。イギリス人でカトリックのベネディクト会の修道司祭です。ヒックも『神は多くの名を持つ』で、彼に言及しています。彼は『ナルニア国物語』の著者C・S・ルイスの友でもありました。彼は一九五五年、四十九歳のとき、インドへ渡り、九三年、八十六歳で亡くなるまでその地で暮らします。第二バチカン公会議（一九六二〜一九六五）以前、カトリック教会が宗教間の対話を訴えるずっと以前のことです。

グリフィスは、キリスト者でありながら、むしろ、キリスト者であることで、他の宗教、他の霊性との関係の深化が実現できるのではないかと考え、それを実践します。他者に開かれていくことが自己の信仰を深めることに、また、自己の信仰を深めることが、他者に開かれていくことになる道を模索したのです。「人は普遍に開かれていけばいくほど、その人はより深くその人になる」（*The Cosmic Revelation*）と彼は書いています。グリフィスは、宗教と「一なるもの」との関係をめぐって、じつに印象的なたとえを残しています。それは、指と手のひらの関係にあるというのです。

たとえば、キリスト教、ユダヤ教、イスラーム、ヒンドゥー、仏教という五つの宗教がある。それは、五本の指のように存在している。そして、それぞれの指は手のひらとつながっている。親指と小指は離れている。でも、それがつながるとき、できることがあるというのです。

もちろん、親指と小指だけでなく、さまざまなつながりを考えられます。グリフィスは手のひらを‘common root’「共通の根源」あるいは「開かれた根源」と呼んでいます。ここで‘root’という言葉を彼が用いているのは、それぞれは、一つの根から生まれた異なる色をした花々であるという認識があるからです。五つの異なる宗教は、一つの根から生まれた五つの異なる色彩のバラだというのです。

ただ、ここでグリフィスは、「混淆《こんこう》主義」（syncretism）に警鐘を鳴らしています。「混淆主義」は、宗教の部分を混ぜることです。それはある指のある部分だけを重んじることを指します。それは歴史を分断することになる。花は美しい。だから花の部分だけを取ってあとは捨てる。そうすれば、花は種を大地に残すことなく、花瓶のなかで萎《しお》れることになります。

ヒックが提唱した「宗教多元主義」は「混淆主義」ではありません。彼は世界宗教と呼ばれるものを一つにしようとしたのではありません。その源にあるものを発見し得る扉を開いたのです。

複数の「顔」

確かに遠藤は、ヒックの思想から大きな衝撃を得ました。その出会いは運命的だったとも日記に記しています。しかし、ヒックの信仰と遠藤のそれは同じではありませんし、ヒックとの出会い以前に、ヒックに呼応するものが遠藤のなかにあったことを見過ごしてはならないと思います。

その一例が、人間は複数の「顔」を持つ、という認識です。それは『深い河』を書く以前から語っていたことでした。人は誰もが複数の「顔」を持ちながら、一人の人間として存在している。それが人間の本性ではないかというのです。

> 私にいわせるとどんな人間にも外づら（社会にみせている顔）とは別に他人の知らぬ別の面がある筈《はず》だ。その別の面はあまりに複雑で混沌《こんとん》としているから当人も把握することはできないのである。しかし把握できなくても誰もが心の奥には他人の知らぬ顔をかくしていることだけは確かだ。（『心の夜想曲《ノクターン》』文春文庫36頁）

職場の顔と一人部屋にいるときの「顔」が異なるなど、当たり前ではないか、という人もいるかもしれません。遠藤が語ろうとしているのはそれだけではありません。どの「顔」も本当の顔とはいえず、どの顔も嘘ではない。そして、人は自分の本当の顔を知らない、というのです。

グリフィスのたとえでいえば、指が複数あるのは知っているが、その源を知らない、というのでしょう。

しかし、大津がフランスで経験したのは異なるものでした。そこには「神」とは何であるのかの明確な「解答」がある。それを受け容れるのが信仰だと告げられたのです。

それは、ある一つの「顔」が本当の顔だと断定されるようなものです。大津には大津が出会ったイエスの「顔」がある。しかし、それはヨーロッパで信じられているような姿をしていなかった。ここに大津の苦闘が始まります。

本書の第1章で、遠藤の親友であった井上洋治という神父にふれました。彼の最初の著作は『日本とイエスの顔』と題するものです。それは日本的／東洋的霊性に映じてくるイエスの「顔」という意味です。

あるとき、大津は美津子にこう話したことがありました。「ぼくはヨーロッパの基督教を信じているんじゃありません、ぼくは……」（『深い河』講談社文庫 新装版108頁）。そして、彼はさらにこう語ります。

「修道会からは、ぼくには異端的な傾向があると言われますが、まだ追い出されません。でもぼくは自分に嘘をつくことができないし、やがて日本に戻ったら……」彼はしゃぶるようにスプーンを口に入れた。「日本人の心にあう基督教を考えたいんです」（同110頁）

この部分だけをいえば大津の姿は、そのまま井上洋治に重なります（だからといって大津のモデルが井上だとはいえません。違いがあまりに大きいからです）。日本人の心にあうキリスト教、それは井上と遠藤が生涯を賭して、発見を試みたものです。それは、キリスト教を日本人の心の深みに響く言葉で語り直すということでもありました。そして何よりも、二人にとってそれは、自分がイエスと出会わねばならなかった必然を確かめる道程でもあったのです。

おわりに——復活について

死者との日々

人と人との関係は、どちらかが亡くなっても続きます。続くだけでなく、深まってもいきます。遠藤と母親もそうでした。遠藤の母郁子は、一九五四年、遠藤が三十一歳のときに亡くなっています。主題としての「母」あるいは「母なるもの」は、遠藤の文学の核心にふれる問題ですが、それは、死者との日常を描くことにほかなりませんでした。「母」は実在する人間としての母親、「母なるもの」は、遠藤の場合、「母」を通路としてこの世に注がれた、ある愛のかたちだといえるかもしれません。

「夕暮の陸橋の上を歩いている時、ひろがる雲に、私はふと彼女の顔を見ることがあった」と書いた後、こう続けています。

> 酒場で女たちと話をしている時、話が跡切《とぎ》れて、無意味な空白感が心を横切る折、突然、母の存在を横に感じることもある。真夜中まで、上半身を丸めるようにして仕事をしている時、急に彼女を背後に意識することもある。母はうしろから、こちらの筆の動きを覗《のぞ》きこむような恰好をしている。仕事の間は、子供はもちろん、妻さえ、絶対に書斎に入れぬ私なのに、その場合、ふしぎに母は邪魔にならない。気を苛立《いらだ》たせもしない。（『母なるもの』新潮文庫46頁）

誰かと話していても、ふと独りになる瞬間があります。そうしたとき、死者の臨在を感じる。死者は、その人が誰かといるときに、生活に介入することはなく、その人の心が、ある種の孤独を感じたとき、そこにそっと寄り添う。あるいは、執筆のように独りで何かと格闘せねばならないときも、死者は生者の邪魔にならないように助力をする。

ことさらに母の名前を出せば、世のなかの人がいぶかしく思うだけだから、あまりそれを主張することはなかったとしても、遠藤の作品のなかにはいくつも、母と共作したと感じられるものがあるのだろうと思います。『深い河』がそうであるように、読者が印象深く記憶する作品に、母の参与があるものが、少なくないのではないかと私は思うのです。

死者のコトバ、コトバである死者

キリスト教の世界観からいえば、人は亡くなると同時に死者になる。死者として新生するといった方がよいのかもしれません。

いっぽう、生者の認識はそのようには展開しません。いくつかの壁に直面します。まず経験されるのは耐えがたい喪失と悲しみです。磯辺もそうでした。

インドのツアーに参加していた、ほかの人たち、美津子も沼田も木口もみな、自らの人生の問いというべきものを発見しようとしています。木口のような盟友の問題をかかえてやってきた人も、自分の内面に向かって見えない何かを探している。その中で一人、磯辺は違う状況にいます。彼は、文字通りの意味で妻の「生れかわり」を探しにきているのです。

亡くなる前、妻が言った「わたくし……必ず……生れかわるから、この世界の何処かに。探して……わたくしを見つけて……約束よ、約束よ」（『深い河』講談社文庫 新装版25頁）という言葉は、数えきれないほど、彼のなかで繰り返されたに違いありません。むしろ磯辺にとっては、この言葉こそが妻の見えない遺品だったのです。

妻が亡くなってしばらくして、彼は本を通じて、アメリカで前世研究という学問領域があるのを知ります。世界には前世の記憶を持ったまま生まれてくる子どもが少なからずいる。それを調査している研究者に手紙を出して、転生者の情報を得ようとします。磯辺は研究者から、インドにその可能性がある少女がいるという情報を得る。

インドでは「占師」にも会い、磯辺は、ある手がかりを得ます。しかし、そのいっぽうで、妻が誰かほかの人になって転生してくるということに、抑えがたい違和感を覚える。目に見える転生者を探そうとする彼に、ありありと迫ってきたのは、妻と出会った意味と妻が何気なく語った言葉の重みだったのです。

> 妻が生きている間は思い出しもしなかったありきたりな夫婦の会話、幸福でもなければ不幸でもなかった場面。そんな場面が遠い国に来て、午後のホテルの一室で、なぜ急に痛いほど胸をしめつけ甦るのだろう。妻はごく普通の主婦で、磯辺もありきたりの夫だった。生きている間は、感情を抑える性格の妻が、死ぬ直前にはじめて意外な面をみせた。

磯辺は運動靴にはきかえ、鍵と地図とカメラとを持って部屋を出た。（同264頁）

このとき磯辺は、妻の転生者に会うためにホテルを出たのです。彼の身体は転生者を探そうとする。でも、彼の心は異なる何かを感じ始めています。このとき彼の「胸をしめつけ甦」って来たのは、妻との日常の光景でした。世の中の基準に照らせば、幸福でも不幸でもない出来事、しかし、このときの磯辺にはそれが自分にとっては「かけがえのない」ことであることが分かり始めているのです。磯辺の人生は、妻を喪《うしな》ったときに始まり、このときまた一つ大きく動き始めたといってもよいと思います。

生活中心だった自分という場に、人生という垂直線がはっきりと姿を現わすのです。生活しかなければ、過ぎ行くままに生きるほかありません。しかし、人生という道を見出すことができれば、人は、それがどんなに細くても深めていくことができるのです。

人生の富

磯辺の妻は違いました。彼女は夫との生活という小さな世界にいましたが、自分が愛《いと》しく思うものをどこまでも愛しました。彼女は人生を始めるために夫と結婚したのです。その意味を、その価値を、ほかの人が量ることはできません。その重みは、彼女自身の手のなかでだけ感じられるものだからです。

インドに来ることで、やっと磯辺の手にも、妻との会話、妻の言葉が、確かな質感をもって戻ってきた。妻の生前、彼はそのことにまったく気がつかなかった。目に見える生活の富のためにはたらくのに懸命で、不可視な人生の富というものの存在に気がつけなかったのです。それまで磯辺はすべてを奪われたような気がしていた。日常の意味を発見した彼に世界はまるで違って見えてきます。妻を喪った今も、朽ちることのないものに包まれて生きている自分を知るのです。

今の彼にはこの世のなかで妻への思い出だけが最も価値あるものに思えた。そして失ってみて初めて妻の価値、妻の意味がわかった気がしたのだ。男としての仕事や業績がすべてだと思って生きてきたが、それがすべてではなかった。彼は自分がどれほどエゴイストだったかに気づき、妻にたいするうしろめたさを強く強く感じた。（同320頁）

彼は妻という「かけがえのない」存在を探しに旅に出た。しかし、本当に「かけがえのなかった」のは、当たり前だと思っていた妻との日々だった。過ぎ去ったとしか感じられなかった出来事に永遠の世界と呼ぶべき場所へ通じる道を見つけたのです。

妻の生前、彼は自分たちだけの日常を、世の人の目で見ていました。自分たちがいつ、どのように出会ったのか、二人のあいだに何があったのかも知らないような人が定めた「意味」と「価値」で自分の生活を眺めていた。そんな奇妙なことが、というかもしれませんが、現代を生きる多くの人は、誰かが造った幸福の座標軸のなかに自分の生活を位置付けているのではないでしょうか。磯辺も例外ではなかったのです。そして、どこからともなく磯辺に人生の確信というべきおもいが訪れます。

だが、一人ぽっちになった今、磯辺は生活と人生とが根本的に違うことがやっとわかってきた。そして自分には生活のために交わった他人は多かったが、人生のなかで本当にふれあった人間はたった二人、母親と妻しかいなかったことを認めざるをえなかった。

「お前」

と彼はふたたび河に呼びかけた。

「どこに行った」

河は彼の叫びを受けとめたまま黙々と流れていく。だがその銀色の沈黙には、ある力があった。河は今日まであまたの人間の死を包みながら、それを次の世に運んだように、川原の岩に腰かけた男の人生の声も運んでいった。（同322‐323頁）

この光景は、喪失を描いた場面ではありません。真の意味の出会いを告げるものです。「どこに行った」と磯辺は口でつぶやきながら、彼の心のなかでは必ず妻に出会い直せるという確証があったように思います。

これまでは自分の足で妻を探して来た。それしか磯辺は方法を知りませんでした。彼にとって生きるとは、いつも自分から動くことでした。しかし、今彼は、導かれるという生に一歩足を踏み出しています。意志だけで生きるのではなく、導きによって生きる人生。論理や数理で固められた世界ではなく、摂理とともにある人生です。このとき、磯辺を導くものを遠藤は「人生の声」だけでなく「銀色の沈黙」という美しい言葉で表現したのです。

悲しみのなかにある幸せ

河の流れに佇む磯辺に、今、幸せかと尋ねてみたら、おそらく彼は、これまで生きてきたなかでもっとも幸せだと応えるかもしれません。彼は妻と別れ、妻と出会い直したのです。妻を喪い、妻によって永遠という世界があることを教えられたのです。

別れを経験できるのは、真に出会った者だけです。真に悲しむことができるのは、真に愛した者だけなのです。

それから少し経って、帰りの空港へのバスを待っているとき、美津子は磯辺に「お疲れじゃないですか」と話しかけます。このとき、磯辺には何の準備もありません。しかし、出来事は起こります。

「いや、いや。来てよかったですよ」
と磯辺は照れ臭げに笑った。
「少なくとも奥さまは磯辺さんのなかに」と美津子はいたわった。「確かに転生していらっしゃいます」

> 磯辺は眼をしばたたいて、うつむいた。うつむいた背中はこみ上げる悲しみを体全体で、いや人生全体で怺《こら》えているように見えた。（同367頁）

美津子は特別な思いもなく、旅の道中の磯辺の変化を見て、感じたままを話しただけです。特別に労《いた》わるつもりもなかったでしょうし、励まそうなどとは考えもしなかったでしょう。そうした一言が彼を救ったのです。意図しなかったからこそ、というべきなのかもしれません。

彼女の言葉は磯辺に、誰の心にも、死者の国へとつながる見えない扉があると告げた。それまで磯辺は、そのことを知らなかったのではありません。しかし、はっきりと感じることができなかったのです。

真摯に探せば、人はいつかそれに出会う。しかし、それはしばしば、思ってもみないかたちで私たちのもとを訪れる。作家はそう私たちに問いかけているのではないでしょうか。

変貌する弟子たち

イエスが十字架上で死に、そして復活した。ここにキリスト教が誕生した。そう遠藤は考えていたように思われます。
もちろん、イエスの生前にもさまざまな出来事がありました。それにもかかわらず、イエスの死後であることに力点を置かざるをえないのは、師イエスの生前、弟子たちは、師が語る言葉の真意をほとんど理解できていなかったからです。このことを遠藤はしばしば強調します。

師の生前、弟子たちは、自分の幸福を実現してくれる人としてイエスを見ていた。それが政治的な意味での解放だったのか否かは、ここではあまり問題ではありません。弟子たちに重要だったのは、自分が何をするべきかよりも、イエスが何をしてくれるのかだったのです。

若き美津子が、大学のなかにあった聖堂で、たまたま読んだ『聖書』に記されていたのは、弟子たちが考えていたのとはまったく異なるイエスに定められた道です。

彼は醜く、威厳もない。みじめで、みすぼらしい
人は彼を蔑み、見すてた
忌み嫌われる者のように、彼は手で顔を覆って人々に侮られる

まことに彼は我々の病を負い
我々の悲しみを担った（同72頁）

このままの文面ではありませんが、これは『旧約聖書』「イザヤ書」（53・2–4）にある一節で、イエスの受難と折り重ねて読まれる部分です。イエスの生前、弟子たちが考えていたイエスは、何ものかよきものをもたらす存在であって、人々の病や悲しみ、あるいは苦しみを担う者ではありませんでした。弟子たちはそうしたイエスの姿を自分の目で見ていながら、その意味をつかめていなかったのです。

それが、イエスの死と復活を境に変わっていきます。君子豹変《くんしひょうへん》という言葉がありますが、弟子たちは確かに君子になり、豹変します。弟子はイエスにならい「イザヤ書」に記されたつとめを果たしていくようになるのです。

インドで再会したとき大津は、美津子にイエスの死と復活と弟子たちの関係をめぐってこう語っています。

「玉ねぎの愛とその意味とが、生きのびた弟子たちにやっとわかったんです。弟子たちは一人残らず玉ねぎを見棄てて逃げて生きのびたのですから。裏切られても玉ねぎは弟子たちを愛し続けました。だから彼等一人一人のうしろめたい心に玉ねぎの存在が刻みこまれ、忘れられぬ存在になっていったのです。弟子たちは玉ねぎの生涯の話をするために遠い国に出かけました」（同316頁）

イエスが捕らえられると、弟子たちはわが身を守り、蜘蛛《くも》の子を散らすように逃げ去ります。このときの弟子たちの失望は計り知れません。師を裏切り、自分をも裏切ったのです。

この絶望から弟子たちがすくい上げられたのは、裏切った弟子たちの前に、復活のイエスが生前の言葉通りに現われたからです。

イエスは弟子たちの前に一度ならず現われた。ただ、ここで注目してよいのは、先に見た「エマオの旅人」の場面もそうだったのですが、弟子たちは復活したイエスの顕現に気がつかないことがある、と『福音書』に記されていることです。「すでに夜が明けたころ、イエスが岸にお立ちになった。しかし、弟子たちにはイエスだと分からなかった」（21・4）と「ヨハネによる福音書」には記されています。

イエスの復活をどのように捉えるのかは、その人にとってのキリスト教とは何かに直結する問題です。もしも、復活を認めないということになれば、イエスは過去に生きた人になります。しかし、イエスの復活を認めれば、イエスは今、ここに存在する「生ける者」になる。

さまざまな復活

遠藤は、イエスの復活を多層的に捉えていたように思います。一つは、イエスの脇腹に指を入れなければ信じないといった弟子トマスの前に、ありありと疑いようのない姿で顕現する意味での復活です。

そして、死者となった母親の実在をありありと感じると書いていたように、形なく、不可視な存在として、復活したイエス。三つ目は、磯辺が感じたように、内界に新生した存在としてのイエスです。どれが本当の姿であるかと問うのはあまり意味がないかもしれません。復活とは、論理と理性の常識を超えたところで生起する真正な意味における神秘な出来事だからです。

先に引いたイエスと弟子の関係を語ったあと大津は、次のようにイエスの復活を語っています。

「以来、玉ねぎは彼等の心のなかに生きつづけました。玉ねぎは死にました。でも弟子たちのなかに転生したのです」（同316頁）

この一文からだけでも、『深い河』における「転生」は、身体現象であるよりも、キリスト教の言葉でいえば「霊的」な出来事であることが分かります。「霊的」な人生とは、肉体と心を包み込み、この世界にありながら、もう一つの世界へともつながる日常のことです。復活のイエスが弟子たちを、そして、私たちを導こうとしているのも同じ場所です。人間の内なる世界における復活、それは、大津の言葉を聞いた美津子にも起こります。次の言葉は、ほとんどこの小説の最後といってよい場面に記されているものです。それは美津子の独語なのか、作家の物語への介入なのか、ほとんど判別のつかないように発せられています。

玉ねぎは、昔々に亡くなったが、彼は他の人間のなかに転生した。二千年ちかい歳月

> の後も、今の修道女たちのなかに転生し、大津のなかに転生した。（同369頁）

人間は、死を経て誰かのなかに復活する。それも複数の、ある意味では無尽の人々の内に復活する。死から復活したイエスは、目には見えないかたちで、すべての弟子たちに「顕われる」ことも可能でした。

そして復活をめぐる事実として、何よりも重大なのは、復活のイエスを経験した誰もが、かつて肉体をもって生きていたイエスに劣らないほどの近く、確かにその存在を感じ得ていることなのです。弟子たちはもちろん、それは大津も変わらなかったはずです。

先に見たように師イエスの死を契機に弟子たちは変貌します。ただ、弟子たちは自分独りで新しい道を歩いていると感じたことはなかったと思います。大津がそうだったように、目には見えない姿をしたイエスが、いつも寄り添っている、そう感じていたように思うのです。

参考文献

遠藤周作『深い河　新装版』（講談社文庫、二〇二一）
遠藤周作『私のイエス』（祥伝社黄金文庫、一九八八）
遠藤周作『沈黙』（新潮文庫、一九八一）
遠藤周作『私にとって神とは』（光文社文庫、一九八八）
遠藤周作『『深い河』創作日記』（講談社文庫、二〇〇〇）
遠藤周作『死について考える』（光文社文庫、一九九六）
遠藤周作『イエスの生涯』（新潮文庫、一九八二）
遠藤周作『死海のほとり』（新潮文庫、一九八三）
遠藤周作『心のふるさと』（文春文庫、二〇〇一）
遠藤周作『私の愛した小説』（新潮文庫、一九八八）
遠藤周作『生き上手　死に上手』（文春文庫、一九九四）
遠藤周作『女の一生　一部・キクの場合』（新潮文庫、一九八六）
遠藤周作『さらば、夏の光よ』（講談社、一九七六）
遠藤周作『影に対して　母をめぐる物語』（新潮社、二〇二〇）
遠藤周作『心の夜想曲』（文春文庫、一九八九）

遠藤周作『母なるもの』（新潮文庫、一九七五）
『遠藤周作文学全集　第十三巻　評論・エッセイⅡ』（新潮社、二〇〇〇）
岩下壮一『信仰の遺産』（岩波文庫、二〇一五）
『井筒俊彦全集　第八巻　意味の深みへ』（慶應義塾大学出版会、二〇一四）
『井上洋治著作選集２　余白の旅　思索のあと』（日本キリスト教団出版局、二〇一五）
『井上洋治著作選集７　まことの自分を生きる　イエスへの旅』（日本キリスト教団出版局、二〇一七）
九鬼周造『人間と実存』（岩波文庫、二〇一六）
『九鬼周造随筆集』（岩波文庫、一九九一）
『九鬼周造全集　第二巻』（岩波書店、一九八〇）
『九鬼周造全集　第四巻』（岩波書店、一九八一）
『小林秀雄全作品９　文芸批評の行方』（新潮社、二〇〇三）
『新版　小林秀雄　越知保夫全作品』（慶應義塾大学出版会、二〇一六）
鈴木大拙『仏教の大意』（角川ソフィア文庫、二〇一七）
『野村英夫全集』（国文社、一九六九）
森有正『思索と経験をめぐって』（講談社学術文庫、一九七六）
森有正『遥かなノートル・ダム』（筑摩書房、一九六七）
『森有正全集１』（筑摩書房、一九七八）
柳宗悦『南無阿弥陀仏　付心偈』（岩波文庫、一九八六）

山根道公『遠藤周作と井上洋治　日本に根づくキリスト教を求めた同志』（日本キリスト教団出版局、二〇一九）
山根道公『遠藤周作『深い河』を読む』（朝文社、二〇一〇）
教皇フランシスコ『回勅　ラウダート・シ　ともに暮らす家を大切に』（瀬本正之、吉川まみ訳、カトリック中央協議会、二〇一六）
『エックハルト説教集』（田島照久編訳、岩波文庫、一九九〇）
ルドルフ・シュタイナー『魂のこよみ』（高橋巖訳、ちくま文庫、二〇〇四）
ジョン・ヒック『増補新版　宗教多元主義　宗教理解のパラダイム変換』（間瀬啓允訳、法蔵院、二〇〇八）
ジョン・ヒック『神は多くの名前をもつ　新しい宗教的多元論』（間瀬啓允訳、岩波書店、一九八六）
『ジョン・ヒック自伝　宗教多元主義の実践と創造』（間瀬啓允訳、トランスビュー、二〇〇六）
シャルル・ボードレール『巴里の憂鬱』（三好達治訳、新潮文庫、一九五一）
『マザー・テレサ　愛と祈りのことば』（渡辺和子訳、ＰＨＰ文庫、二〇〇〇）
リルケ『若き詩人への手紙・若き女性への手紙』（高安国世訳、新潮文庫、一九五三）
Bede Griffiths: *Essential Writings*, Orbis Books, 2002

あとがき

『深い河』は、不思議な物語です。何度読んでも、読み終わった感じがしない。話のすじも、登場人物が語る言葉もよく覚えているのに、読むたびに新鮮な驚きがあるのです。今回もそうでした。

本書は、『深い河』をめぐる三時間の講座から始まりました。講座のために読み直し、そして、こうして書籍化するときにも改めて読みました。すると、分かっていたと思っていたところが、まるで違った印象をもって浮かび上がってくるのです。

最初は理由がよく分かりませんでしたが、しばらくして、何を新しく感じているのかが分かってきました。

一つ目は、登場人物が語ったことではなく、彼、彼女たちが語り得なかったこと、あの人々の沈黙の声が、どこからともなく聞こえ始めたことです。作中には「銀色の沈黙」という言葉もありました。

二つ目は、作中の亡き者たちの声、あるいは亡くなろうとしている人たちの無音の声です。道端で倒れている人たちの心に渦巻くおもい、あるいは、それを受け止めようとする大津の姿が、これまでになくはっきりと感じられました。

「日本人にとってキリスト教とは何か」という主題からは外れるので、本文では言及しませんでしたが、作品の終わり近く、美津子が何か思い立つように大津の安否を確認したのは、彼女の心に大津からの声が聞こえたからに違いありません。

大津は亡くなった。しかし、彼女はそれからも大津と無言の対話を続けたであろうことも、作品の余白からはっきり感じられます。

もちろん、磯辺も同じです。日本に帰国してからも、彼は幾度も悲しみをかみしめなくてはならなかったでしょう。しかし、それは独りでいることの寂しさではなかったように思われます。妻を、生前よりも近くに感じるからこその悲しみなのです。それは悲しみというよりは愛《かな》しみであり、美《かな》しみですらあるように思われます。

そして三つ目は、死者を含む人間の声ではなく、樹々や河、鳥や風、あるいは光、そして闇さえも含む自然の声です。

人間は言葉を用いますが、他の生きものは、コトバによって語ります。本文にも書きましたが、コトバとは、言語を超えた意味の顕われにほかなりません。色も音も香りも響きも、光輝も闇もコトバです。

外国語を学べば、いつかその言語の本が読めるようになります。この小説はコトバとは何かを学ばせてくれる場でもあるようです。曖昧だったことを言葉にできると、そのこととつながりが持てるようになります。同じことはコトバにもいえるのです。私たちの心もしばしば、コトバによって語ります。

かつては恐れの対象でしかなかった苦しみや悲しみの経験も、コトバによって照らしてみるとまったく違った意味をもって感じられてくるのではないでしょうか。次に引く一節は、人が、沈黙のうちにさまざまなるコトバと向き合うことを強く促される場面です。

童話作家の沼田とガイドの江波が、樹木をめぐって言葉を交わします。江波が「ところで気に入りましたか、印度は」と沼田に尋ね、会話はこう続きます。

「自然を見るだけで満足なんです。バニヤンは至るところにあるし、菩提樹《ピッパル》や優曇華《ウドウムバラ》もすぐ見つけられるし。今朝も眼をさましたら庭園のほうから鳥が盛んに鳴いて……言うことなしです」

「ヒンズー教徒は死体を焼いた場所に樹を植えるんです」

「日本だって桜の樹がそうです。吉野山の桜はすべて墓標のかわりだったし。死と植物は深い関係があるんです」（『深い河』講談社文庫 新装版219－220頁）

あるときから日本では「花」というと桜を意味するようになりました。「花」という言葉は、この世にあるすべての花を示す言葉でありながら、同時に桜を強く表現する。それは桜が単に美しいからではなく、死者との待ち合わせ場所でもあるからでしょう。

この場面ですぐに想い出されたのは西行《さいぎょう》です。僧でありながら稀代の歌人でもあった彼は、桜を訪ね歩くようにして生涯を終えました。西行にとって旅はいつも、亡き者を訪れる道行きでした。歌は、この上ない死者への供物《くもつ》だったのです。私たちの人生という旅でも、歌を詠まずとも、祈りによって、同質のことができるのではないでしょうか。

先にもふれましたが、この本は二〇二一年二月に行った「読むと書く」講座から始まりました。真摯に聞いてくださる人が言葉を引き出してくれる。そのことを、あのときほど感じたことはありません。ここで改めて、講座に参加して下さった皆さんに心から御礼申し上げたいと思います。

今年は遠藤周作の没後二十五年であり、再来年は『深い河』の刊行から三十年、そして遠藤の生誕百年に当たる年です。作品はすべて作家の遺言だと言ってよいのですが、遠藤の場合、まだそれは読み解かれ始めたばかりのような気もしています。

この本が、遠藤周作を新しく読み直す試みのきっかけになったらこれ以上、うれしいことはありません。

編集はＮＨＫ出版の加藤剛さんが担当してくれました。体調が優れないときもしっかりと伴走してくださいました。文字を書くのは書き手の仕事です。しかし、記された文字を本に昇華するのは、編集者なのです。この本に、もし、よきものがあれば、それは編集のちからであることをお忘れにならないでいただきたいと思います。

本は、編集の他にも校正、校閲、装丁、印刷などさまざまな人の助力の上に生まれます。このたび、お力を貸してくださったすべての人に、この場を借りて、深く御礼申し上げたいと思います。ありがとうございました。

二〇二一年八月十六日

若松英輔

若松英輔 わかまつ・えいすけ
1968年新潟県生まれ。
批評家、随筆家、東京工業大学リベラルアーツ研究教育院教授。
慶應義塾大学文学部仏文科卒業。
『叡知の詩学 小林秀雄と井筒俊彦』にて第2回西脇順三郎学術賞、
『小林秀雄 美しい花』で第16回角川財団学芸賞、
第16回蓮如賞など受賞多数。
主な著書に『イエス伝』『内村鑑三』『14歳の教室』
『詩と出会う 詩と生きる』『「生きがい」と出会うために』など多数。

NHK出版新書 662

日本人にとってキリスト教とは何か
遠藤周作『深い河』から考える

2021年9月10日　第1刷発行

著者 若松英輔 ©2021 Wakamatsu Eisuke
発行者 土井成紀
発行所 NHK出版
〒150-8081 東京都渋谷区宇田川町41-1
電話 (0570) 009-321（問い合わせ） (0570) 000-321（注文）
https://www.nhk-book.co.jp （ホームページ）
振替 00110-1-49701

ブックデザイン albireo
印刷 壮光舎印刷・近代美術
製本 二葉製本

落丁・乱丁本はお取り替えいたします。定価はカバーに表示してあります。
Printed in Japan ISBN978-4-14-088662-5 C0216